U0554141

遇见
Widerfahrnis

〔德〕博多·基尔希霍夫　著

王钟欣　译

人民文学出版社

著作权合同登记号　图字 01-2018-2187

Bodo Kirchhoff
WIDERFAHRNIS
Copyright © Frankfurter Verlagsanstalt,2016
Chinese translation copyright © People's Literature Publishing
House,Beijing,2018

图书在版编目（CIP）数据

遇见／（德）博多·基尔希霍夫著；王钟欣译. —北京：人民文学出版
社,2018
（21 世纪年度最佳外国小说）
ISBN 978-7-02-013850-0

Ⅰ.①遇… Ⅱ.①博…②王… Ⅲ.①长篇小说—德国—现代
Ⅳ.①I516.45

中国版本图书馆 CIP 数据核字（2018）第 032216 号

责任编辑　欧阳韬
装帧设计　崔欣晔
责任印制　苏文强

出版发行　人民文学出版社
社　　址　北京市朝内大街 166 号
邮政编码　100705
网　　址　http://www.rw-cn.com

印　　刷　三河市西华印务有限公司
经　　销　全国新华书店等

字　　数　114 千字
开　　本　880 毫米×1230 毫米　1/32
印　　张　5.5　插页3
印　　数　1—5000
版　　次　2018 年 4 月北京第 1 版
印　　次　2018 年 4 月第 1 次印刷

书　　号　978-7-02-013850-0
定　　价　38.00 元

如有印装质量问题,请与本社图书销售中心调换。电话:010-65233595

出版说明

  评选并出版"21世纪年度最佳外国小说",是一项新创的国际文学作品评选活动和出版活动。在世界文学格局中,由中国文学研究机构和文学出版机构为外国当代作家作品评奖、颁奖,并将一年一度进行下去,这是一个首创。

  "21世纪年度最佳外国小说"评选活动由人民文学出版社和中国外国文学学会及各语种文学研究会(学会)联合举办,人民文学出版社主办。评选委员会由分评选委员会和总评选委员会构成。各语种文学研究会(学会)遴选专家,组成分评选委员会,负责语种对象国作品的初评工作;再由人民文学出版社、中国外国文学学会及上述各语种文学研究会(学会)委派专家组成总评委会,负责终评工作。每一年度入选作品不得超过八部。入选作品的作者将获得总评委会颁发的证书、奖杯,作品由人民文学出版社组成丛书出版,丛书名即为:"21世纪年度最佳外国小说"。

  总评委会认为,入选"21世纪年度最佳外国小说"的作品应当是:世界各国每一年度首次出版的长篇小说,具有深厚的社会、历史、文化内涵,有益于人类的进步,能够体现突出的艺术特色和独特的美学追求,并在一定范围内已经产生较大的影响。

总评委会希望这项活动能够产生这样的意义,即:以中国学者的文学立场和美学视角,对当代外国小说作品进行评价和选择,体现世界文学研究中中国学者的态度,并以科学、谨严和积极进取的精神推进优秀外国小说的译介出版工作,为中外文化的交流做出贡献。

　　自 2002 年第一届评选揭晓到 2015 年,"21 世纪年度最佳外国小说"评选活动已成功举办 15 届,共有 26 个国家的 90 部优秀作品获奖,其中,2006 年度、2003 年度法国获奖作家勒克莱齐奥和莫迪亚诺先后荣获了 2008 年、2014 年诺贝尔文学奖,足见这一奖项的权威性和前瞻性,也使"21 世纪年度最佳外国小说"成为一个名副其实的重要文学奖项。

　　自 2008 年开始,这套书不再以外文原版书出版时间标示年度,而改为以评选时间标示年度。

　　自 2014 年起,韬奋基金会参与本评选活动,在"21 世纪年度最佳外国小说"评选基础上,设立"邹韬奋年度外国小说奖",每年奖励一部作品。

　　我们感谢韬奋基金会的鼎力支持。我们相信,"21 世纪年度最佳外国小说"的评选及其出版将结出更加丰硕的成果。

人民文学出版社
"21 世纪年度最佳外国小说"评选委员会

"21 世纪年度最佳外国小说"
评选委员会

总评选委员会
主　任
聂震宁　陈众议
委　员
（以姓氏笔画为序）

史忠义　刘文飞　李永平　陈众议
肖丽媛　金　莉　高　兴　徐少军
聂震宁　程朝翔　臧永清
秘书长
欧阳韬　陈　旻

德语文学评选委员会
主　任
李永平
委　员
（以姓氏笔画为序）

王　建　李永平　任国强　黄燎宇　韩瑞祥

小说讲述的是两个因事业受挫而隐居乡间的男女主人公，在偶然坠入爱河之后，开车去西西里岛旅途上的所见所闻，以及他们与一个难民小女孩的相遇。这并非仅仅是一个浪漫而迷人的爱情故事，小说在描写主人公生活的暗淡、困惑、彷徨和迷惘的同时，又巧妙地将个人的生存困境与欧洲难民的政治性生存问题交织在一起，将故事嵌入了一个更广阔的想象空间，从而在两个层面上，探讨了爱和善的意义问题。《遇见》篇幅不大，但结构紧凑，语言简洁，以其引人入胜的故事和丰富意涵而令人倾倒。

"21世纪年度最佳外国小说"评选委员会

In dieser Novelle handelt es sich um eine Geschichte von einem Protagonisten und einer Protagonistin, die sich wegen beruflichen Misserfolges auf dem Lande zurückgezogen leben. Nach einer zufälligen Begegnung haben sie begonnen, eine Reise nach Sizilien zu machen. Hier erzählt der Autor alles, was diese Beiden unterwegs erlebt haben und ihre Begegnung mit einem jungen Flüchtlingsmädchen. Das ist doch nicht bloss eine romantische und reizvolle Liebesgeschichte. In der Novelle sind, bei der Darstellung eines dunklen, suchenden und ungewissen Leben der Protagonisten, die existentiellen Fragen des Privaten auf meisterhafte Weise zugleich mit den politischen Fragen der europäischen Flüchtlinge verwoben. Dadurch sind alles, was geschah, in eine weitere Phantasie-Dimension eingesetzt worden. In

diesem Zusammenhang geht es auf zwei Ebenen um die Frage
nach Liebe und Güte. *Widerfahrnis* ist zwar nicht umfangreich,
aber kompakt und sprachlich prägnant, und sogar überwältigend
durch ihre spannende Darstellung und die Vielschichtigkeit der
Bedeutung.

**Jury für den besten fremdsprachigen
Jahresroman des 21. Jahrhunderts**

致中国读者

亲爱的中国读者：

虽然我在本国小有名气，但在你们幅员如此辽阔的国度里我仍是一名无人知晓的作家。因此在我的写作生涯里，我的小说能被译成一种广为使用的语言，并在一个历史悠久、文学底蕴深厚的国度里出版，于我是尤为宝贵的经历——这令我感到欣喜和自豪。写作的过程让我获益良多，因此我也由衷地希望，读我的书能对你们的人生有所启迪。十五年来，我和妻子经常在我们位于意大利的住所举办写作研讨会，我们很期待能一同来到你们的国家，与读者们交流，或在口译员的帮助下在中国介绍我的叙事风格。

致以崇高的敬意和诚挚的问候

博多·基尔希霍夫
2017 年 11 月 5 日
于法兰克福

译者前言

一 遇见

《遇见》这部中篇小说叙述了男主人公莱特在短短几天中经历的三次不期而遇。

某个寻常的冬夜,女主人公帕尔姆意外敲响了莱特的房门,在短暂的交谈之后,这对初识的男女踏上了一段充满悬念的旅程,没有起因和计划,任凭感觉和际遇。两人开着敞篷车一路向南,起初只打算去近处的湖边看日出,但不知不觉就进入了意大利境内。意大利是德国人心仪的度假胜地,它的海岸线、历史和阳光可以满足人们对于自然、文化和温度的众多遐想,是开启一段浪漫爱情故事的理想舞台。

但故事没有止步于彼此人生经历的分享以及情感的试探与升级,而是在爱情主线外增添了时代元素。2015年以来,大批中东和非洲难民涌入欧洲,引发了欧洲前所未有的难民危机,意大利、希腊等南欧国家因其地理位置首当其冲,成为难民抵达欧洲的第一站,于是舞台的布景仿佛经过了调整,欧洲的精致和温情与灾区的水深火热联系到一起,从历经厄运逃至德国的阿斯特尔,到意大利沿途火车站上拥挤的人群,再到树丛里宿营的非洲家族,故事中难民无处不在,恰如真实的生活。

抵达西西里岛后,他们遇见了一个难民女孩。由于莱特无意中表现出的善意,女孩一再接近他们,寻求他们的帮助,并一路跟随他们。虽然莱特和帕尔姆意见不一,但他们还是带着女孩踏上了返程之路。在从西西里岛返回欧洲大陆的渡轮上,由于语言和动作的误会,女孩从车上夺门而逃,消失在茫茫人海中。

与女孩一同消失的还有帕尔姆。为了找回女孩,她甚至没有注意到莱特在阻拦女孩过程中受伤的手。当莱特精疲力竭、孤立无援地躺在港口时,他遇见了逃难中的非洲男子泰勒。泰勒救了他,而莱特也带上泰勒一家开车前往德国。虽然在故事的结尾处莱特又偶遇帕尔姆,但帕尔姆不愿再回敞篷车,而是选择独自继续她的意大利之行。

二　边界

与帕尔姆和难民女孩的邂逅如两面镜子,让莱特照见了自我的边界。

莱特最初被帕尔姆吸引,是因为出版社倒闭后内心的浮躁,也因为帕尔姆不合时宜的夏装以及令人浮想联翩的面容引发了他对温暖的远方以及久违的爱恋的渴望。他与帕尔姆有一些共同点,他们都从大城市搬到了偏远的山区,都孤身一人,都读书,都嗜烟,更重要的是,他们都曾失去过。帕尔姆先是失去了丈夫,失去了狗,弄垮了帽子店,后又失去了女儿。莱特失去了沉迷拉丁语的父亲、从未出过远门的母亲、品质至上的出版社、挚友克莱斯尼茨、女友克里斯蒂娜以及他俩没能来到世上的孩子。人生宛如一边在失去,一边在寻找。帕尔姆无法接受女儿的不正常之死,写了一本关于女儿的书来寻找安慰,她敲响莱特的门,以为找寻到了缺失已久的理解与抚慰;而随着一路上严寒的渐渐退去,莱特的回忆被唤醒,来自遥远年代的亲情与爱情不断在他眼前浮现。

在不断延长的旅途中,两人的契合点逐渐隐去,相互靠近的尝试很快触碰到了各自的边界。帕尔姆发现,莱特对她的书并不感兴趣,认为亮点不多,也不符合他的出版品味,他注意到这本书,不是因为它有点什么,而是因为它少点什么,他想给它加个标题;她也发现,打动他的并不是她的故事,对于她渴求的慰藉他也缺乏足够的悟性和耐心。而莱特注意到,熟悉的路线和熟悉的温度并不能让往日重现,不用迟疑的爱与被爱与司空见惯的日常一样需要慢慢习得,不可操之过急。两人虽然同处狭小的空间,但帕尔姆感受到的是一再缺位的理解与难以逾越的距离,莱特感受到的却是不断压抑的欲望与反复搁浅的幻想。

面对难民,莱特最初也展现出了他的善意。小说中多次影射了欧洲人对难民的态度:保加利亚女人对阿斯特尔逃难厄运的猎奇以及肆无忌惮的描述、德国房车主对偷狗粮的非洲人的敌意和轻侮、意大利店主对难民女孩的辱骂和排斥。莱特和他们不一样,他是知识分子,是非分明、敢爱敢恨,有正义感、同情心和基本的人文关怀,会自觉屏蔽显性的排外想法和行为,所以他会阻止保加利亚女人的讲述,会在非洲人与房车主之间调停,会挺身而出保护难民女孩不受店主的欺侮并愿意给她提供物质上的帮助。

但顺水人情易做,舍己为人难求。他对难民女孩虽然态度友善,乐于相助,但内心始终有一条隐性的界线。他的心中充满怀疑,怀疑女孩的年龄,怀疑她的意图,怀疑她的行为,更重要的是,他认为不打扰到自己的生活是给女孩提供帮助的前提。这是一条用规则和法律内化了的理性界线,可以为适可而止的善行提供合理化的解释。正如他认为房车主维护自己的利益无可厚非一样,他也不愿女孩打扰他们的二人世界,更不想因为带上女孩引来生活中的麻烦。"是否合理合法"是他丈量自己每个援助之举的尺度,例如女孩的项链值多少钱,给女孩提供住所是否合法,带女孩回德国是否会惹祸上身。

他与帕尔姆和难民女孩之间看似是两条不同的界线,其实却是同一界线的不同展现,而他与两人的互动也并非相互平行,而是交错共振。女孩的存在给了他和帕尔姆对于三口之家的向往,而女孩的离去也使他最终失去了帕尔姆。

三　越界

无论是与帕尔姆的爱情试探,与难民女孩的碰撞,还是最后与非洲男子的互助,其中都包含了莱特跨越自我边界的尝试。

这一尝试在女孩身上显然是失败的。国界、语言、相貌、举止,这些一目了然的差异如同横亘在两人之间的一道无法逾越的鸿沟。陌生就是陌生,而异样是双重的陌生。他的善意实为无心之举,他的帮助也只是浅尝辄止,他始终徘徊在应有道义与自我保护之间,一边想展现人性关怀,一边又想设法摆脱。他无法像帕尔姆那样真心实意地接纳她,自然而然地照顾她,为她提供所需的一切,没有一丝刻意,也不让她感到距离。女孩也十分清楚自己被他视为他者,狐疑的眼神、没有温度的表情、格外的小心翼翼或英语的询问,都是在说你和我们不一样,隐性、内化、缓和的界线其实与显性、张扬、激烈的界线一样难以消解。女孩自始至终用沉默来表达抗拒,用身体语言来自卫,用保持距离来回应不经意间就感受到的隔阂。

在帕尔姆身上,这一尝试也没能取得突破。他与帕尔姆虽有着同样的肤色,说着同样的语言,有过类似的经历,怀着相似的心境,但两人之间并不会因此就自动消解了界线。莱特本不是一个擅长付出的人,与前女友克里斯蒂娜最后分道扬镳是因为他恪守自我的边界毫不退让,认为孩子无法安置于他和克里斯蒂娜的生活中,并因此放弃了尚未出生的孩子以及共同生活的希望。对待帕尔姆他也延续了这一自我至上的思维方式,一边想靠近,一边又无法体察对方的真正需要。正如他与克里斯蒂娜的交往在触碰到自我的边界后就再也无法前行,他与帕尔姆亦是如此,即便两人突破了内心的戒备和身体的界线,也并不意味着心心相印,直到最后在火车站广场上失散的两人再次相遇,莱特也没能放下自我坦诚相对,他仍在迟疑,仍在游移。自我至上的思维方式使他难以打开自我的藩篱,真心接纳他人,也使他禁锢在自我的牢笼里,得不到满足。

遇见非洲男子让莱特真正认清了自己的失败。当莱特无可奈何地躺在海边等待死亡来临时,他终于明白了坚守边界而最终推开的是什么,他无比怀念帕尔姆曾给予他温暖和抚慰的那只手,无比怀念女孩曾带给他的家的感觉。当泰勒帮他救治伤口时,他意识到,他与难民之间原本一目了然的强弱关系会顷刻间颠倒,保护者与被保护者、帮助者与被帮助者的关系会在转瞬之间发生置换。而且在泰勒的身上,他看见了自己在恋情中缺乏的勇气、担当与付出,从泰勒与妻子的互动中他感悟到了水乳交融的深情、理解和默契。虽然他最终与难民女孩失之交臂，也没能留住心灰意冷的帕尔姆，但他与泰勒一家真诚互助的结局恍若隧道尽头的一线曙光，莱特的自我边界在游移，在松动，在模糊。

四

自我总是在与他者的交互关系中变得明晰。莱特的三次遇见是他经由他者而重新认识并调整自我的历程。与他人结缘仅有需求和意愿是不够的，坚守或是消解自我的边界，起点不同也会走向截然不同的终点。

所以，珍惜每一次遇见。

王钟欣
2017 年岁末，慕尼黑

1

　　时至今日,这个故事仍令他心碎,即便他不会这么说,只在这里除外。他会从哪里开始呢? 也许是从他门前的脚步声,又也许从他内心的猜测,他拿不准,这究竟是脚步声,或只是他内心的又一次躁动? 自从他不再需要将别人杂乱的文字修改成书以来,这种情况时有发生。所以,这会是脚步声吗? 此时已过晚上九点,这边山谷里灯已暗去,可能还是他自身的原因吧? 这时他会给自己点支烟;因为与他形影不离的金属打火机在弹开的瞬间,响声能盖过所有古怪的声音,也包括内心的躁动。嘴里叼着烟,莱特——就在这个地方,他会第一次提到这个名字——从走廊的纸箱里拿出一瓶普利亚①红酒,倒数第二瓶。在这个钟点喝红酒是一种祥和的恶习,能将人带离这个世界以及世间的一切痛楚,哪怕在自家门前发生了什么也不必理会了。

　　是的,确实有脚步声,好像有人犹豫不决地走来走去。莱

----

① 意大利南部的一个大区。

特又取来开瓶器，跪在起居室的地上，因为那儿有烟灰缸，也放着他傍晚时发现的一本书。其实跪着只是出于习惯，需要全力以赴的事也得用跪姿去完成。去年在自己的微型出版社里，他也把新书封面的样稿全都铺在地板上。自己的照片他满意的不多，其中一张拍的也是他嘴里叼烟跪在地上的样子，一个女人注视着他，但只照见了她的腿。照片上他身体的每一处都有明确的指向，手臂伸向地面，烟以同样角度低垂，眼睛凝视自己手的动作，拇指在一块生锈的铁牌上安着点什么。铁牌是他选中的封面主题，他在做最后的调整。在出版社运营的三十多年里，这是每本书出版前他的固定动作。去年秋天，他转让了莱特出版社及下属的微型书店，卖出了位于法兰克福一座老建筑中的底层公寓，用这些收入偿还了印刷厂的欠款，离开大城市，搬到坐落于山谷里的这套公寓。打开窗就能望见草地和山峰，虽然四月底草地上仍积着雪。搬到上魏萨山谷①，是为了逃离苦笑着的世界：为此，他花完了每年出版两本书挣得的全部收入。

　　莱特把启瓶器的尖钩拧进酒瓶的木塞。照片镶了框，搁在厨房里，他始终无法下决心把它挂起来。拍这张照片的时候，他还在和朋友们喝酒；据说腿闯入了画面的女士不久后离开了他。照片是用相机自动功能拍的，可以说幸亏没拍好。他拔了一下木塞，露出的是亮闪闪的金属圈，没成功；他的注意力没在开瓶上，脑子里想的全是门前的脚步声。走廊里有人，其实那儿不适合停留，墙的颜色令人迷惑，他不清楚看见的究竟是颜色本身，或只是关于颜色的遐想留下的褪色印迹。不会有人无缘无故在那里徘徊。莱特掐了烟，把刚发现的那

---

① 位于德国巴登-符登堡州。

本书靠在球形烟缸上——谁会在这时候找他呢?他期待有人来吗?或许吧;又或许因为春天还迟迟未来。冬天不是他的季节,除去幼年,他已走过了六十四个冬天。御冬的葡萄酒是他开着自己的老式丰田车去普利亚旅行时留下的。当时正值八月,热浪滚滚,他敞开车窗当空调。靠在烟灰缸上的书很薄,不到五十页,一看就是作者自己印制的,但设计十分讨人喜欢,所以被他发现了。引起他注意的另一原因是书没有标题,封面上的女人名字或许就是标题——一个全然陌生的名字,听上去像是作者杜撰的。

他又拔了一次,木塞弹了出来,声音好似人的尖叫。莱特倒满一杯,原打算坐下,转念却又脱下鞋,拿起酒杯和那本书,再次走到过道,朝门口走去。门的另一边传来呼吸声,有人在低声清嗓子,像是马上要说点什么,或许已在心里默念,我一点儿都不想打扰您,只想和您说几句话。他深吸了口气,准备喝下晚上的第一口酒,心中暗想,假如一切念头能随之溶于美酒,世界在片刻间与舌尖交汇该多好。他喝下这口酒,期待的效果却没出现——他的世界里依然是门另一边传来的低声轻咳。只能用书来抵挡,哪怕是一本没有标题的书——这本书是他的一个意外收获,周日在附近餐厅用晚餐时,为了能独自待上一会儿,他走进一个别名壁炉阁的房间,那里有一面墙摆满了别人留下的书。其中大多是些被贪婪翻阅过的爱情小说,封面主题无一不在否定欲望对生命的肆意挥霍。在这些书之间,他撞见了这本小书,立即带回了家。他不想遇见任何人,最不想遇见瓦尔贝格公寓读书会里的人。瓦尔贝格是整座住宅区的名字,读书会的发起者曾远远冲他点头示意。

莱特走进厨房,取了些干酪和熟火腿,还有黄油和面包;他并非偏爱独自吃饭,只是不喜欢在别人的注视下吃饭。从一开始,他就没打算与人交往,只会偶尔和前台的两位年轻女士聊聊天。前台是业主委员会起的名字,有住宾馆的感觉,设这个岗位的本意是希望在公寓管理员下班后能有人留心谁出入了住宅区。为了节省费用,业主委员会聘用了两位要求不高的女士在前台轮流值班。她俩和他一样,都来自被人遗忘的世界。一位是保加利亚人,叫玛丽娜;另一位是厄立特里亚人,叫阿斯特尔,她的名字是星辰的意思,她也确实灿若星辰。金发的保加利亚女人总是打扮得过于时尚,与她们的工作性质不相称,和她聊天时,他就谈论些她自以为在山谷里遇见的名人,而与阿斯特尔,他聊的话题是语言。阿斯特尔担心自己说外语时犯错,他就鼓励她,有语法错误没关系,但说话语气要轻柔,这比较符合她的气质。他的建议是轻柔地开口,过去他也经常给自己唯一的女员工提这个建议。如果她接到的不是出版商打来的电话,而是某位自以为写了世纪之书的作者,她可以在电话里用轻柔的语调立即浇灭他的种种幻想。克莱斯尼茨,他私下还这么叫她,在某种意义上是他最亲近的人,也没有比较亲近的了。

这时门前传来一个声音,好像有人捂着鼻子打喷嚏,一下,两下——在这样的气温里一点也不奇怪;克莱斯尼茨每年四月都感冒,年年如此,但伤风鼻塞并不妨碍她安慰那些虽才华出众,但书稿仍达不到出版要求的作者。直到最后一刻她仍真心相信,抑郁的人都可以通过写作来自赎,但他不给她留一线希望,径直把她领到马路拐角的意大利人那里:事情总有结束的时候。莱特收拾完饭桌,重新点上一支烟,再次走向过道。当然也有许多人支持他继续做下去,在他们看来他还并不老,因为他们自己也在变老。唯有他敢于正视现实,因为事实上写书的人渐渐超过了读书的人。他把一只耳朵贴在门

4

上,这一刻门内外的两人或许都屏住了呼吸,又或许幽灵消失了——很遗憾,他已很久没听过另一人的呼吸声了;他的世界此刻只剩下了那本刚发现的书。莱特把书和烟缸一起放到饭桌上,然后倒了一杯酒放到书旁,在过去他绝不会这么做。随即就有两滴普利亚红酒洒在了如此惹人喜爱的封面上,精致的浅棕色纸上除了阿里尔字体的文字外什么都没有。他试着去擦酒滴,但污渍却越擦越大,还书前他必须除去封面,假装书原本就没有封面。但它其实有封面,这个事实不会改变;所有发生过的事都是永恒的事实,早在二十多年前,那个在旅途中离开了他的女人让他明白了这一点;她也是永恒的事实,而且还有一个美丽的、并非杜撰的名字。

莱特掐了烟,这时门铃响了,铃声短促而坚定。他低头看自己,身上的毛衣因为穿惯了就有点依赖,它是克莱斯尼茨在他上一个整生日时送的礼物。稍等,他喊道,顺势脱下毛衣,拿出一件胸前带兜的衬衣。这件衬衣他过去出席书展时经常穿,他当年的秋季活动小宣传册正好能插进兜里,他还会在外面套一件皮衣。皮衣和打火机一样,他一直保留着,如今就挂在衣帽间里。走向房门时,他顺手摸了摸皮衣的领子,他与这件衣服共同经历的事比晚上的不速之客多。接着,他按下了门把手——有些事情发生之前,人就已有了预感,飞行方向、一丝震动、地震前变得焦躁不安的动物都是预兆。门才开到一半,那尚未探明的一小部分世界就已显现出来:门垫前站着读书会的发起者,她穿着一条夏季连衣裙。

我能为您做点什么吗?说完这句话后,莱特还及时补上了一句晚上好。他立即被她脚上也同样属于夏天的鞋子吸引住了,不禁低头看了眼自己脚上的短袜。时间不早了,她说,如果我打扰到您,比如打断了您看电视,那我很抱歉。我也根本不想继续妨碍您,只想和您约个谈话时间,明天十一点在壁炉阁行吗?

女客人——即便严格意义上她还根本算不上客人——这时两只鞋已半踩在门垫上,确切说应是两只脚,因为她脚上其实只缠着几根薄荷色的细带子而已,是一双凉鞋。这双凉鞋的设计师根本没考虑健康因素,式样如蜻蜓般轻盈,令人兴奋。莱特过了许久才把目光从鞋上移开。我根本没有电视,他答道,所以您不会妨碍我看电视。至于明天的谈话,是关于什么主题呢?可能每个人都会这么问,最多措辞更为友善。这时候他才抬起目光,注视着门前这位女士,或者应该说,他在观察她:在他看来,此时此刻只有难以置信一词才能描述眼前的情形。眼前的这张脸让人不禁浮想联翩,想象着它在过去曾多么明艳照人。蓝灰色的眼睛,随意绾起的浅黄色的头发,鼻梁挺直但鼻翼柔软,嘴唇苍白而饱满,因苍白而更显饱满;她比他年轻,但相差不太多。关于我们的读书会,她答道,我们还是白天再谈吧,明天可以吗?她拨开额前几缕散开的发丝,还把剩下的几根向后吹了吹,莱特又瞄了眼那双本属于夏天的凉鞋。拜托,什么时候起白天比晚上更适合聊读书的事儿了?这个反驳让他自己都吃了一惊,不是说得不对,而是有点轻率,几乎是一个邀请。读书会发起人低声清着嗓子,似乎在权衡白天与夜晚的利弊,她不赞成地说,可有些内容最好在人清醒的时候谈。

清醒,这个词听上去像是一个警告,好似他们谈的是个棘手的问题。您看,您在门前都站了多久了?他忍不住问道,有点直接。多久了?这,我没看表。但有一阵儿您就站在门里面,我闻见了您香烟的味道——没加滤嘴吧?所以咱俩都犹豫了,人的事情并不会随着时间的拖延而变简单,不是吗?她边说边露出微笑，仿佛已进了屋，但其实她又退后了一步，两脚松松地交叠着，和裸露的鞋子挺相称。鞋子偏绿松石色，边上缀着蓝点；她穿的是与她眼睛同一色调的亚麻布裙，露肩，似乎在倔强地抵抗着魏萨山谷里初降的寒夜。关于人的事情与时间的关系他想到了什么，他并没有忘记这一问题；他又瞅了一眼她的头发，里面带着点天然的锡灰色，眼下一些女性写作爱好者为了让自己看起来更有思想，喜欢把头发染成这个颜色。他说，难道不是从某个年龄起人就只有那几件事吗？因为自己知道，可以在什么地方以何种方式得到，就像习以为常了的香烟。您说对了，没有滤嘴。在您的读书会里，都是这儿的住户在谈自己的阅读体会吗？

都是这里的女住户。这位身着夏装的女士一边回答，一边用手搓着自己裸露的胳膊，这个动作是在催促他做决定，是迅速和她道别，还是就势给她递上那件旧皮衣。而且我们不只是读书，她用更克制的语调继续说，读书让我们走到一起，就是这样，但会里的大多数人现在也写作。

莱特再次低头看自己。穿着短袜站在那里不会给人留下好印象，不过他也不必在她面前容光焕发；他只需要礼貌地摆脱她。那读书会只是虚名了？

这么说吧，一个不太全面的名字。而且您肯定了解，写作是默默进行的。您之前经营的出版社倒闭了吗？倒闭，这个词从她嘴里说出来不太容易。她不再搓自己的胳膊，而是两手托着腮。他心想，那是成年人的手，很成熟。虽然手并不会成熟，只有在语言中才有这样的表述。我在首都开过一家帽子店，她说，也倒闭了。能配得上我的帽子的脸越来越少了。您有帽子吗？

只有一顶毛线帽，莱特答道，在山谷里挡风用。您知道吗,越来越多的人希望自己的名字不只出现在门牌上,而且也期待它出现在某本书的封面上,这就是好书灭绝的原因。

这位过去的帽子店店主闭上眼,但她仿佛仍在注视他。我们所有人都在写作,她说,我们缺少的是一个有判断力的人,他在听完一页之后能做出评价,或说文笔不错,或认可地点点头,又或者沉默地摇摇头,好让人彻底放弃。

您想让我来做这样一个人?

除了您还有谁合适呢。噢,您抽烟是不用滤嘴的。

是的,一向如此。

假如您请我进去,我就陪您抽一支,不过搬来这里后我就戒烟了。

那您还是应该保持住。

您说完了吗?

我怎么知道,莱特说,我不喜欢长的对话,也从不喜欢书中大段的对白,那大多只能说明作者懒得叙述。

但是您和我,咱俩并不是在书里,而是站在您家门口。

不,只有您自己,我在家里面,要不您也进来,我们一起抽支烟。

2

她随即进了门,他本该说进来喝杯酒和抽支烟。莱特关上身后的门,她这时无疑已成了女客人。他把装葡萄酒的纸箱推到一边,对过道里的她说,您先请,这句话他已在心里琢磨了许久。过去的帽子店店主走进起居室,而他还在衣帽间的镜子里打量着自己:胸前带兜的衬衣,镶框照片里他穿的也是这件衬衣,衣服很结实。他其实也没变,依然是照片上的那个男人,瘦高个,不太灵活,额头坚挺,眼光温暖而迷人。头发又有点长了,曾多年是松香的颜色,如今却显出烟灰的色调,和平日一样没梳,只是向后捋着,也总是他自己修剪。幸好中午刮了胡子——男人如果胡子拉碴就太糟糕了。桌上肯定有烟,他大声说,像是和吸烟的女友一同回到了家。

她已站在桌旁,身穿轻薄的连衣裙,手里还拿着烟盒。他接过烟盒摇了摇,露出两支烟。她取出一支,他给她点上,一幅他朝思暮想的画面;他也给自己点上一支。抽烟的人不急于说话,他们先聚到一起,表演一出独特的小型哑剧。例如她,这位女客人,十分小心地吸进一口烟,接着却从鼻子里把

9

烟吐出来,还用牙齿把沾在下嘴唇上的烟草屑弄掉;她又吸了一口,细细打量摆在桌上的那些书,包括那本有污渍的。过了片刻,她才开口说话,夹烟的手停在烟灰缸上方。我已经知道您的名字,她说,我的就更简单。帕尔姆。蕾奥妮。不过假如咱俩现在是您刚才提起的那本书中的角色,我会建议不用蕾奥妮这个名字。它有一种讨好的意味,得时刻留心。最好只说帕尔姆。比如说:一天晚上,帕尔姆站在他的门前,他邀请她进来抽支烟。

莱特取来另一个酒杯,说,咱俩本打算聊聊我在您读书会里扮演的角色,但女客人已伸手拿起那本他不该在上面放东西的书。她用拇指抚摸着污渍,那是许多人喜欢的那种女人的拇指,修长但不骨感,椭圆形的指甲上涂了无色指甲油。她把小书放回桌上,不过离葡萄酒瓶更远一点。这儿的人通常这样打发周日,看会儿书,睡会儿觉,再看书,然后散步一小时,最后把书读完,不是吗?您的葡萄酒是在哪儿买的?

在它的产地——莱特对着台灯举起新酒杯,他对这盏台灯很依赖;在过去的那些年里,它照亮过成千上万页纸,而只有其中极小的一部分能成为比它历时更久的经典之作。酒杯基本干净,他斟满酒;应该先问一下她是否要杯葡萄酒,最好是问,能不能请她喝点东西以及喝点什么。他把新倒的酒放到桌上,拿过自己的那杯,此时碰一下杯能缓解紧张的心情,但女客人又拿起那本小书,从头打开。您觉得这样的开头怎么样?她把书拿远一点,读起第一页,莱特听得有点费劲,他关注的是她的声音。故事里说的是一位年轻的女子,可能因为失恋,在寒夜里喝醉了酒,躺在森林里的湖岸边,最后冻死了。这一类故事他读过不少,大多都难以接受。不过这个故事有点独特,年轻女子的母亲在葬礼当天夜里也躺到了同一

个地方,为了体验女儿当时的感觉,她甚至脱下衣服,但很快
又穿上了,担心也被冻死,后来她穿过森林向大路走去;他只
认真听了最后一句——她活动着身体,仿佛身体会随时散架。

我读得太快了吗?

不,一点都不快,莱特边回答边喝了一口酒,她终于拿起
桌上的酒杯,冲他点点头,然后放到唇边。她其实是想听听他
关于这本无题书的想法,或许也想测试一下,他对她们的读书
会是否合适。您喜欢普利亚红酒的味道吗?被迫读书让他有
点厌倦,虽然岔开话题的方式不太巧妙,不过她还是抬了抬眉
毛表示认可,话题随即转到葡萄酒上。您的读书会里没有男
性成员吗?莱特走向读书椅,读书椅带脚凳,是为台灯配的,
或正相反:总之这两样东西缺一不可,椅子虽然体积大,但也
因此格外舒服,尤其适合女性客人。是的,没有男性成员,女
客人说。

莱特把椅子往桌边挪了挪,还把椅套拉拉平。曾有多少
个夜晚,他坐在这张椅子里,怀里捧着某部处女作,心里惴惴
不安,担心故事会随时卡住,或瞬间变得毛骨悚然,有时虽然
开头不错,但之后的情况就说不准了。每当作者最终出现在
出版社里,他总会惊奇地发现,那张脸、那种声音以及那种举
止与作品并不相配。在阅读时,他的想象会有些盲目,出版者
总是假想了作者的通常形象,预设了他的爱好、乐趣及某些小
窘迫,如咳嗽的猫、出了故障的暖气和输了的足球赛。您请坐
吧,他说,女客人坐到椅子上,手里端着酒杯,一条腿跷在另一
条腿上,裙摆盖过上面那条腿的膝盖。就五分钟,她说,已经
晚了。您什么时间上床?

上床,这个表述让他吃了一惊,现在很少会听到,书里基
本上不会出现,其实在新出版的书里完全不会出现,好像作者

根本不需要睡觉或没有床,他们总在垫子上休息,脑子里每时每刻都在紧张地遣词造句,和他们经常光顾的俱乐部里的音乐一样躁动不安。上床?我上床很晚,莱特说,但床不等于睡眠。您是觉得,您的名字不适合写在书里吗?

蕾奥妮·帕尔姆——他一下子就记住了这个名字,它宛如一个美好而简短的开场白。她示意他把烟灰缸拿来,他拿着烟灰缸走到椅子前,她掐灭抽到一半的烟。名字是别人起的,她说,我宁愿自己选名字。另外,我喜欢普利亚红酒,可惜我还从没去过那里,您呢?这个问题听起来无心,但却无法将对话引向尾声,更像要让它继续下去,变成一次长谈。去年夏天刚去过,他说。最后一次。

为什么,不愉快吗?

不是,很愉快——莱特琢磨着自己应该坐到哪里,脚凳上还是餐桌旁的椅子上,如果选后者,当然得先把它搬到读书椅的边上,可问题是,在说好的五分钟里,两人挨多近才算合适,其实五分钟早已过去了。只是好事情也总有最后一次,他答道,其实,这个时间点由每人自己决定。

您出版的最后一本书叫什么名字?

他从桌上拿起烟和打火机,还有葡萄酒和他的酒杯。书名是《暂时永生》。短篇小说集。但每篇小说的主角都是同样两个人。

情侣?

不是情侣。只是男人和女人。他们用您相称。从您到你是需要时间的。烟不合您的口味吗?莱特看了眼烟灰缸,那根没抽完的烟混在一堆烟头中,烟卷的一侧还留着嘴唇的湿润。我得重新适应一下,女客人说。帕尔姆仍跷着腿坐着,五分钟似乎只是她的习惯说法。我没想到会抽烟,但只要人还活着,就会遇上预料之外的事。今天,在我去意大利餐厅的路上,通向壁炉阁的门开着,我可以一眼看到放书的角落——您当时正好从那里拿了一本书。这是我今天的偶遇,而您今天的偶遇则是我现在坐在这里,不是吗?

或许吧,莱特说,但我不会再旅行了,我的车已经卖了。您要来杯咖啡吗?还是我再开瓶酒?他点了支烟,拿出最后一瓶普利亚红酒。酒本来是为平日里准备的,并非为了特殊的际遇,但现在出现了这一际遇,而且恰好有个词可以描述它,这个词就是女性客人,和其他许多词一样,如今它的用处越来越少。他把酒瓶放到桌上,把启瓶器搁在一边。女性客人是他还在书店当学徒时的一种说法,他最先是在法兰克福的柯贝特书店干,那里早已成了珠宝店,后来又在弗莱堡的维茨施泰因书店做,它如今仍是屈指可数的精神宝库之一,那段时间里他都是租别人的房子住,女性客人是不被允许的。他从地上拾起烟缸,坐在脚凳上。不过也可以租辆车,他说,不过在欣赏过所有美景之后,还能去哪儿呢?有时我会羡慕我们的厄立特里亚女孩。哪怕在这座山谷里,也有数不尽的地方让她赞不绝口。

您喜欢她吗?

谁都会喜欢阿斯特尔。

那个保加利亚女孩呢?

女人们不太喜欢她。因为她们觉察到,男人都幻想着和她上床。

您也一样吗?

不会。她话太多了。关于阿斯特尔的所有事情,我都是从她那里听说的。她说海上逃难有多么惊险,好像自己也曾穿着她那亮晶晶的衣服坐在船上,也曾踩着轻便舞鞋和他们一起穿越了沙漠,也曾为了支付蛇头的费用在途中干了可怕至极的活。还有,她的名字像个理发师。

玛丽娜?这个名字还行。今天她第二个值班,我刚才看见她出门了,穿着短靴,戴着皮帽。您戴的是一顶什么样的帽子呢?这位曾经的帽子店店主把双手搁在上面一条腿的膝盖上,身体稍稍前倾,还微微歪着头——一幅近于私密的画面,男人和女人,深夜里,她也许在忙着修指甲,而他忙着整理老照片,两人时不时平静地说句话;莱特掐了烟,从脚凳上站起来,再次走进过道,拿起一顶普通的黑色毛线帽套在手上,走回起居室,这时椅子空了。帕尔姆站在宽大的窗前,在玻璃倒影里看见他,转过身来。我能看一下吗?她说着拿过帽子,仔细检查着针脚、裁痕和弹性,还举起来看看形状,然后说了声好吧,就把帽子放到封面有污渍的书旁。我该走了吗?

我们可以再抽一支。

不过,您得把窗打开。

莱特打开窗,尽管他宁可闻烟味也不想吹冷风;他拿来烟和烟缸,看到自己仍穿着短袜跑来跑去,就脱下短袜装进裤兜。现在他俩都光着脚,不过她还穿着那双蜻蜓般的凉鞋,略占优势。您店里是不是也卖过这种帽子?他摇摇烟盒,露出两支烟,她抽出一支,他为她点上,因为开着窗,风吹进来,他用手护着火苗,帕尔姆也加上了她的一只手,一起护着。没有,她说,没有毛线帽。只有丝绸的、羊绒的、小牛皮的。您从没戴过有檐的帽子吗?

戴过一顶巴拿马草帽,一位女士送的。

这位女士还在吗?

在,只是我不知道在哪儿。

帽子呢?

　　这顶帽子是我们分手前她送的礼物,后来就没法戴了。我把它捐出去了,肯定是募捐站收到的唯一一顶巴拿马草帽。您穿着裙子不冷吗?莱特点着手里的烟,也走到窗前。窗外望出去是一片积雪的平缓山坡,一侧挨着公寓停车场的一角,停有四五辆车,其中一辆的引擎盖是白色的。这顶帽子,他说,是同一位女士送的,在最开始的那个冬天。她送我巴拿马草帽是在夏天,我俩分手前的最后一个夏天。

　　为什么?几乎在吸进烟的那一刻她提了这个问题,小声而简短,莱特低头看了看自己赤裸的脚,有点夏天的感觉,尽管刺骨的寒风从窗口钻进来。为什么——我必须回答吗?我不喜欢回忆。

　　但在大多数写得不错的书里不都会出现回忆的场景吗?

　　是的,但您自己说过:我们现在不是在某本书里。能关窗了吗?他把烟头扔进雪里,想去握窗把手,但她的手已在上面,他来不及抽回自己的手,或许是因为靠得太近,他不得已地说,她叫克里斯蒂娜。而且,在那个夏天——他想停下,但句子已经脱口而出了——她怀孕了,还不到三个月。

　　这是你们分手的原因?

　　不是,但当天晚上我们决定不要那个孩子。它既无法融入她的生活,也无法融入我的生活。

　　这样的事可以这么轻易做决定?

　　是的,二比零,孩子无法投票。所以克里斯蒂娜走了,走得很仓促。她觉得我俩这么轻易就否决了她肚子里正在成长的生命,这太可怕了。她甚至认为做我身边的女人很可怕,不想与这个人再有任何瓜葛。这个话题我们说够了吗?

　　他的女客人一手托着腮,好似窗前发生了车祸;她没戴首饰,戒指、项链或手镯都没有,但她手背上的小斑点好似一个精心设计的图案。他也注意到,她几乎没化妆,只抹了淡淡的眼影。好吧,我们聊点别的,她说着关上了窗。您带回来的这本书我读过,一个母亲写自己女儿的故事。她不是在女儿成年后才失去女儿,而是早在女儿还是个孩子的时候。在某个寒冷的冬夜,女儿喝醉了酒躺到湖边,想忘记一切,并没想要冻死,但最后两件事都发生了。我猜想,母亲讲述这件事是为了自我安慰。故事里没有父亲,他早就跑掉了。女儿从十六岁起就开始整夜不归,抽烟喝酒。而母亲永远都只是问,你去哪儿了?或者在打电话时问,你在哪儿?却从没问过,你是谁?后来女儿长大了,跟着一个律师工作,而母亲仍然在寻找。直到最后,她无声地乞求女儿不要离去。等她得知女儿曾做过什么,她曾是谁,都已为时过晚。她当了律师五年的情人,他最后还是回归了自己无趣的婚姻。

莱特把窗把手再拧紧一点。这样的故事我会退回去,并附上三行字:可惜不符合出版计划,但您可以到别家出版社试试,致以友好的问候。您现在想喝杯咖啡吗?

必须的,帕尔姆说。他跑进厨房,清洗蒸馏咖啡壶,壶里还留有下午的咖啡渣。他又洗了一个咖啡杯,在这儿还没人用过。关水龙头的时候,他听见了钟声。平缓的山坡后是里特贝格墓地,墓地旁小教堂的钟低沉地敲了十一下。人在即将死去时若想有个栖身之处,这片墓地会是相当理想的地方。我能帮忙吗?蕾奥妮·帕尔姆——与悠扬的钟声截然不同,这个名字犹如击鼓声,它的出现仿佛预示着事情的开始。她拿起厨房里的毛巾,他把杯子递给她,让她擦干,请吧;他接着在壶胆里装满水,把咖啡粉放入滤器,将两部分拧在一起整个放在炉子上;没有更好的办法时,手工制作永远是最好的方式。这本书的封面可惜被我洒上了一滴酒,他说,因为纸面粗糙,污渍擦不掉了。如果封面经过塑封,现在就看不出来了。

　　作者可能不会在乎吧,写这样故事的人不像会介意书上的污渍。您总在夜里喝咖啡吗?他的助手在找地方放擦干的杯子,她看见那张仍随意放着的镶框照片,他忘记收起来了。您那时多大?她敲敲相片上他头的位置,尽管他知道,但还是匆忙算了算,四十三。四十出头吧,他说,被照见腿的女人不久后就离开了。您看,我在抽烟,这点没变。您喝咖啡要不要来点饼干?莱特从装面包的盒子里拿出一个口袋,里面是饼干,这是克莱斯尼茨在法兰克福火车站与他告别时塞给他的。他拿出几片放到碟子上,让女客人闻了闻;几缕头发散在她额头上,他很想帮她拨回去。她拿起一片饼干,掰成两半,递给他一半,他接过来放进嘴里,她吃着另外半块饼干,注视着他咀嚼的样子。或者是他,莱特,注视着注视着他的帕尔姆——当两人靠近到一定距离,就说不清究竟是谁在看谁,四目交汇,如色彩在水彩画中交融。当他们嘴里含着饼干屑几乎在同一时间张口说话时,他也没觉得吃惊。她说,我们现在站在这里,什么,而他边用手捋头发边说,什么会在周日晚上发生,两个“什么”撞在了一起;他只是感到惊讶,尽管如此,时间仍在流逝——里特贝格的钟敲响了十一点半,两人的声音都被打断了。女客人从他手里接过碟子,放到桌上,于是他得去看一眼咖啡了。莱特走到炉前——这不是女性客人,这里的情况完全不同,他找不到一个合适的词来形容,或许这个词也不存在。帕尔姆走回厨房,拿着烟、打火机和烟灰缸。这个满了,她说,他指了指垃圾袋,她把烟头倒进去;在弯腰的那一刻,她问,能提一个非常私人的问题吗?他只是嗯了一声,表示同意,因为到目前为止她根本没提过其他问题,她转过身来，说，那个被二比零否决了的会是怎样的一个孩子？

莱特揭开意式咖啡壶的壶盖，咖啡已经冒着气泡从壶心涌出来；这个问题带着点克里斯蒂娜的风格，她曾问他，如果没有书，他会有怎样的人生？是啊，于他，于她，一切会发生怎样的变化？——她曾是演员，最后在乌尔姆工作，只喝咖啡，基本不睡觉，抽烟，思考关于人生意义的问题，快四十岁时却怀孕了。一个女孩，他说，帕尔姆拿起一支烟，自己点上。从这张照片上看，您失去的像是一个男孩。而且您在替他做手工。您的出版计划里有过儿童书吗？她弹去烟灰，虽然烟灰还不多，莱特从炉子上取下咖啡壶。没有，他说，而且我的出版社下设的小书店里也不卖儿童书。那里也没有各类指南、旅游或烹饪书，更没有侦探小说，和您的帽子店不卖毛线帽一样。

女客人拿起意式咖啡壶和桌垫走到桌旁。凭这样的书单，没有书店能存活。我的帽子店至少是输给了时间，因为人们感到，对于帽子而言，自己的脸太空洞了。只有中国人不这么认为。我把全部存货卖给了一个中国人，挣的钱够买一辆二手车。后来我又卖了房子，靠这笔钱把家搬到了这里。您甚至从窗口就可以看见我的车，一辆小敞篷，宝马三系，深蓝色，米色座椅，黑色顶篷。它其实随时可以出发。

可它在外面冻了这么久？莱特拿来两个小咖啡杯和配套的托盘，走到桌前，这是他全部的咖啡器皿。他突然感到一阵心跳，就像上次在城里看电影，影片结束的时候，克里斯蒂娜的名字突然出现在片尾配音演员的名单里，他完全没有想到。您要糖吗？他根本没有糖，但蕾奥妮·帕尔姆也立即摆了摆手。公寓管理员开过一次，她说，只需要铲掉上面的雪，离合器不是太好，但收录机有磁带插口，我可以听我的老磁带。顶篷也还能用,而且是自动的。您开过敞篷车吗?

没有,莱特说,您今天提前过夏天了,是为了我吗?他倒上咖啡,拥有敞篷车的女客人坐到椅子上,脸颊泛起一阵红晕。她把杯子举到唇边,但还没喝,只是用瓷质杯沿轻轻地蹭着嘴唇。不是,是为我自己。我喜欢这条连衣裙,也喜欢这双鞋,而且我觉得您家里会开暖气。您熟悉车吗?

莱特走到已重新关好的窗前,向停车场的那个角落望出去——那辆积雪的车是她的。我会换火花塞,换车轮,为什么问?他再次走回桌前,坐到另一张椅子上。为什么?女车主放下杯子,啊,我想,我们可以试驾一小段。

试驾——莱特给她倒上咖啡——这是想买车的人做的事,但我不需要车。不过我们可以开车去短途旅行,明天去阿亨湖。疯狂一点的话,也可以立刻出发。

也许有一点点疯狂就足够了,因为马上就到明天了,您听见了吗?帕尔姆把一只手指放在耳后,仿佛是放在了他的耳后,他这时也听见了——里特贝格的小教堂里传来十二点钟声的最后几下。刚才还是周日,即便依照日历,马上也到周一了。日子总会开始。莱特抿了口咖啡。他沉醉于因日历而起的小眩晕之中,也就是说现已是明天,而开车去短途旅行其实也并不疯狂。但离合器能用吧?

得把它踩到底。走之前我们再抽一支?她伸出手,他放上一支烟,她把烟夹在唇间,他给她点烟,尽管没开窗,她仍用手护着火苗,尽管烟已点着,他仍用手护着她的手——老式、安静的一幕。之后,他也给自己点了支烟,注视着这个想和他在夜里驾车出门的女人。然后呢?他说。

3

夜已深，白昼也不再遥远，莱特的眼前浮现出这句漂亮的歌词，从星月流转的角度看无可指摘；许多年前，他在教堂唱诗班唱过歌，后来退出了教会，完全变成了另一个人，他先是抗议美国轰炸越南，后又出售相关的煽动性盗版书，最后，他在语言的海洋里为失意落魄、但仍锲而不舍的人搜寻他们那个年代的故事，刚开始还能为众多求知心切的人淘到三两篇质量上乘的佳作，到后来就变成给寥寥无几的人找到一堆平庸之作了。他起身靠着窗台抽烟。新的一天开始了，令人有点措手不及，恰如人时常被自己的话说中。那然后呢？

蕾奥妮·帕尔姆向他走来，指间夹着烟，她的手比他年轻，不过究竟差几岁呢？五岁还是六岁？他当然可以委婉地说，冒昧问一下您是哪一年出生的——比较正式的表达方式。您在想什么？身边传来轻声的询问，五个字很有冲击力。莱特拿来烟灰缸——上一次是谁问过他这个问题，肯定是位神经脆弱的女士，在他还在翻阅她的书稿时。克莱斯尼茨从没这样问过，她最多以询问的眼光注视他。她是他在出版社里的左膀右臂,刚开始不过在办公室里打打杂,但她敬畏书,小心翼翼地对待每一本书,也逐渐开始读书。我刚才正在想,一个人会有哪些巧遇。比如,现在咱俩站在这里。

一个错误的回答,下午——其实是昨天——他分明还在独自散步,沿着一条没积雪的路,孩子们远远地冲他招手;孤独的人总是容易引起别人的注意,如同田野上一棵茕茕孑立的树。在他看来,散步时偶遇已不寻常,方才问他在想什么更不寻常。他喝完杯中的咖啡,把杯子端进单人厨房。克莱斯尼茨曾问他,到底为什么要选择独自生活?他只回答她,不为什么。他没有告诉她,自己并非完全一个人,其实也常与人共度良宵。他像个爱情傻瓜,总以为自己的欲望愈强烈,就愈有权利寻求解脱,实际上却不是这样。您怎么了?帕尔姆把余下的器皿拿过来,在他身旁的水池边弯下腰,他能闻见她头发的味道,又或许是自己的幻觉,即便在这些小事上,人仍是脆弱的。我没什么,他解释说,车钥匙在哪儿?您得去取一下,也可以顺便换一下衣服,您的着装可能不太适合我们的短途旅行。

短途旅行,这会儿他已是第二次提起这个词,这是人们容易接受的一种说法,毕竟没人会因为犯糊涂而去短途旅行。莱特在水池里熄了烟,蕾奥妮·帕尔姆洗着自己的咖啡杯,他看了她一眼,只一秒钟的时间,其实是他俩对望了一眼——他俩对望着,这句话浮现在他眼前,虽然只是一眨眼的工夫,但电影中经常会用慢镜头。之后,她的目光又落回自己手上,他也转身走向衣橱,还不确定自己的衣着是否适合夜间出行。他唯一拿得出手的是件灰色毛衣,不太暖和,但他还是拿了出来,此外还有那条剩下六盒的烟,对于一次短途旅行有点多,但谁能说得准呢,既然离合器有问题,车也许什么时候就抛锚了,最好带上钱,已经装在他的皮衣里了,里面也有至关重要的银行卡。他套上毛衣,把皮衣搭在手臂上,走回起居室,再拿上一瓶水、剩下的饼干以及那本有污渍的书,开车出行可少不了书。在餐桌前,他差一点撞上那个还不太认识的人,她已经拿上了水并用锡纸包好了饼干。口粮,她说,咱们应该一起去取车钥匙,如果现在分开,谁都有可能恢复理智。您要带上这件外衣吗?

是的,我也想到了。这件外衣加了衬里,有很多口袋,互联网还没出现的时候就有它了,现在根本不生产这样的外衣了,因为它总穿不坏——莱特从手臂上拿起衣服,打开给她看,蕾奥妮·帕尔姆放下她手里的东西。她接过外衣,套在身上,竖起领子,让头发从领口披下来,把拳头插进侧兜,所有动作一气呵成,他觉得,随着这一系列动作新的一天开始了。天啊,他感叹道,这是他在每一本书里都会划去的词,但说了就是说了,哪怕会化作滑稽而尴尬的喘息声,但帕尔姆此时已转过身去,好像想让他从后面瞧瞧衣服是否合适,她随即又转回到他面前,头发扬起又落下,披在衣领上。东西带全了吗,莱特?烟、水、饼干和钱?这已像是夫妻间的对话,有种日常的味道,他又拿起一个包,装些零碎的东西,也包括那本书——是的,他们东西都带齐了。只剩下关灯和锁门了。

她刚刚是叫他莱特吗?直接叫了名字,就像喊一个打算一起犯事的同伙,这个声音在他耳边回响,不过也可能是他走神听错了,他的思绪此时已飞到了阿亨湖。帕尔姆手里拎着他那个包,走在前面,离他只有一步远,但这个距离恰好给他要跟上她的感觉。他们走进公寓楼的另一侧,据说楼里共有六十套大小不同的公寓,他那套属于小的。他看见她的小腿肚,形状犹如一个拉长的玻璃瓶,他看见那个晃动着的装有那本书的包,想象着一个新封面,也只有文字和少量颜色,比如象牙色,深色边框,底色上印有浅色花纹,花纹呈波浪状延伸交错。封面上还需要一个与边框色调一致的标题,比如可以是一次被遗忘的灾难。

通往公寓楼另一侧的是一条走廊,走到头有个大厅,里面放着些绿植,还给小住户们准备了一个游乐区。蕾奥妮·帕尔姆从跷跷板和印第安帐篷间穿过,直接走向大厅背面的第一扇门。她手里攥着钥匙,开门时显出些犹豫。我们可以现在互道晚安,也可以继续我们的计划,而不问理由——为什么我们要做点什么,为什么我按了您家的门铃,为什么您让我进去,为什么您不想要那个孩子?她打开门进了屋,莱特的眼睛仍追随着她,他望着自己的外衣以及散落在衣领上的她的发,然后他扭头看着那顶印第安帐篷。地上堆些乐高积木,里面有件胸前印着狮子王图案的 T 恤衫,显然是被人落下了。他跪下来,用几块积木搭了一座塔的地基;他弯腰凑近那件小 T 恤衫,闻见了床的味道、香蕉的味道、头发的味道。这是生命的味道,但在任何一本书里他都不会这么写;写那些大话简直太容易了,都是些虚假而空洞的话。他儿时搭的塔都用啤酒瓶盖,一个静止的奇迹。身后有锁门的声音,他起身扭过头,蕾奥妮·帕尔姆,肩上背着一个大包,已经整装待发。他的皮衣下仍是那条夏季连衣裙,她脚上也还穿着那双蜻蜓般的凉鞋,不过腿上加了条保暖紧身裤;其实他只注意到她别在头发里的一副宽大的墨镜,好像还准备去其他什么地方,她的手里拿着一把扫帚。车上的雪得扫掉,她说,只要车能发动,我们就能到达上面的阿亨湖。我们可以在那里等候日出,您怎么想?

他怎么想——他只是在想,大意是,也存在着动态的奇迹,如翱翔。是的,为什么不看日出呢,他说,不过,我们不到一小时就到上面的湖了,而太阳七点才会升起,我们是待在车里挨冻还是继续开呢?一个好主意也有它的后果。我能帮您拿扫帚吗?他接过扫帚,很结实的一把。和刚才不同,这时他上前一步,向着通往下面公寓大堂的楼梯。只有那儿的大门整晚开着,因为前台整夜都有人值班。他的女客人——如今这个称呼已完全不合适了,应称她为女伴——在楼梯平台上停下来。您觉得我只想着外出而没有更多的考虑?那请吧,您只需要扫去车上的雪,我一个人去,没有您也可以看日出。

我们一起去,莱特说,但看完日出呢?——他顿了一下,仿佛自己用手捂住了嘴,他跑下楼梯,好似这样就可以把话继续说完;他曾几何时在语言的丛林里迷失过自己,怎么会连句子都说不完整了?可现在就碰到了这一情况,如果在书里,这个地方会出现他一直讨厌的省略号。他举起扫帚,向前台的方向挥了挥。金发女同事刚刚晚上消遣回来,正在和绝世佳人打招呼。阿斯特尔站在接待台前,听玛丽娜讲述她晚上的经历。他走上前问,山谷上面有没有下雪,还说他们想出去转转,只是得先扫掉车上的雪。保加利亚女人指了指她脚上富贵绿的鹿皮靴说,没有,没下雪,但有霜冻,可是这么久没动过的车能马上打着火吗?

如果打不着也可以推——厄立特里亚人从椅子上拿起连帽外衣。我以前推过,她说,她的话给了出行成功的希望;保加利亚女人这会儿也表示愿意帮忙。你们太友好了,莱特说,小小的队伍就已出发了。蕾奥妮·帕尔姆走在最前面,她的身后跟着两位前台仙女——这个词不太纯洁,但十分契合她的某种感觉——而他,手里拿着扫帚,最后一个走出门,墙上的挂钟显示着温度和日期。这时是四月二十日凌晨,零度,不奇怪，夜空中正繁星满天。莱特缩着头跟在其他人后面，保加利亚女人放慢脚步走到他身旁，她指着同事的帽子做了个手势，说，阿斯特尔曾在夜里在沙漠里发动过皮卡车，他们经常好几天走不了，电瓶没电了，于是所有人都得推车，直到车从山丘上滑下去。

是她告诉您的吗？莱特这会儿扛着扫帚，像扛着杆枪，他加快脚步，但保加利亚女人还是紧跟着他，答道，是的，沙漠里就是这样，而且为了躲避土匪总是夜里上路。穿过苏丹就用了三个月。您出去的时间长吗？这时他们正好到了停车场。他说，天亮就回来，而且您觉得没有亲身经历逃亡的人能想象当时的情形吗？他再次把扫帚拿在手上，这时，帕尔姆向着唯一积了雪的车走去。我的敞篷车，您喜欢吗？根本没等他回答，她已向车跑去，莱特跟在她身后，急速行走让他比先前更清醒了，他立即开始扫顶篷上的雪。重要的是车能开，他说。厄立特里亚人跟上来，直接用手帮忙，她的手也有一种神圣的美，令人不敢直视；他瞥了眼保加利亚女人，她只是假装在帮忙，用靴子的尖头踢着保险杠上的雪，还给自己点了支烟。她这时又聊起沙漠中的逃亡细节，而阿斯特尔自己却一言不发，只是刮着前挡风玻璃上的雪。莱特走到她身边说，您听到了吗？有人在讲您的故事，这不可以。

厄立特里亚人疲惫地笑了笑，这是他在这里见过的第一个疲惫的微笑，她似乎想说，这一点废话怎会比我的逃亡经历更糟糕。接着她对金发同事做了个手势，叫她不要夸大其辞，但玛丽娜继续讲着故事，您设想一下，一辆皮卡车后面塞了三十人，在月光下行驶，莱特这时想到一个方法来打断她的话，他问，她是否到过月亮上。他扫着后备箱盖上的雪，女车主想打开车门，但车钥匙转不动，保加利亚女人立马拿着打火机走了过来,回答说,月亮上——没有。但是空旷的景色会让人想起月亮。那是卡萨拉①和喀土穆②之间的石漠,过这段路每人要交两百美元,但这是进入苏丹最近的路,从那儿再继续穿过利比亚到达海边,最后再去兰佩杜萨岛③,那是目的地。您是要去哪儿?

往南开一段,去阿亨湖,莱特说;他走到驾驶座的门边,钥匙终于可以转动了,他拉动门把手,随着铰链上的冰咔嚓的碎裂声,门开了,他坐上驾驶座。保加利亚女人冲他弯下腰说,阿斯特尔当时是一直往北走,那是她逃亡途中最容易的一点。在苏丹的首都喀土穆,她不得不为了攒路费在一户人家干了好几个月,夜里如果肥主子想要她,也得干,后来她坐卡车到了利比亚的海岸。三百美元。

这些都是您逼她说的?莱特把车钥匙插入引擎锁孔,那您应当保守秘密!他转动钥匙,咔嚓一声,好似车内某个地方心跳停止了,他想下车,但这时蕾奥妮·帕尔姆已经上了车。我们试一下,莱特。我们的阿斯特尔在她的逃亡路上都没有轻言放弃,还是她也曾想过放弃?她透过还敞开着的驾驶座车门从他身旁望出去,保加利亚女人一边把烟头扔进雪里一边说,没有,从来没有。虽然她在利比亚遇到了劫匪,为了逃出来不得不再次干活,结果去往兰佩杜萨岛的小船每人要收五百美元。船开到大海中央时,引擎出了故障,超载的小船被冲到了西西里岛岸边。他们望见海岸时,还不知道那就是西西里岛,就是卡塔尼亚海湾。这时候,一个年轻女人生下了一

---

① 苏丹共和国东北部卡萨拉省的首府。
② 苏丹共和国首都。
③ 地中海中部佩拉杰群岛中的一座岛屿。

个孩子。结局难道不美好吗?

莱特转身对帕尔姆说,看吧,她话太多了。电瓶没电了,现在怎么办?他把一只手臂伸出车外求助,这时故事中的女英雄出现了,她向后拉掉帽子,似乎想表示,虽然自己不说话,但至少她的脸要发言,虽然她对从厄立特里亚到魏萨山谷的逃亡经历一字不提,但她却说实用的话题,例如在寒冷的夜里如何发动一辆电瓶没电的车。您准备好了吗,我们能推了吗?您现在这么做:点火,松开手刹,挂二挡,离合踩到底,等我喊"开始",再抬起脚。

一切照此进行,莱特冰冷的手脚做好了准备,他从外后视镜看见,两位年轻女士摆出推冰道滑橇的姿势;车已缓慢移动,一米又一米,车轮下发出嘎吱嘎吱的响声,在抵达通往大路的下坡路后,地心引力起了作用,这时他听到了先前约好的"开始"。他松开离合,先是长时间的寂静,神话般的静谧,之后车突然发出响声,在他耳中犹如童话有声读物中巫婆的咳嗽声,与此同时引擎启动了,车已能自己行驶,不过因为汽缸里燃烧还不充分,车身有点抖动。等他们来到向南开出山谷的大路上,车才不抖了——灯,他的副驾说,莱特,您得把车灯打开!

灯的开关在方向盘左侧,他也随即开了暖气,旋钮就在带磁带插口的车载收录机下面,接着他挂上三挡,朝着山的方向开去,夜空中布满了星星。帕尔姆用拳头碰碰他的肩,喊道,嘿,我们去旅行啦。此时,这个有着数百万人逃亡故事的世界,渐渐迷失在车的躯壳里。

4

遇到阳光灿烂的日子，魏萨山谷就如同从美梦中苏醒，在结束了数十年的城市生活后再度容光焕发——道路两边都是草地和森林，魏萨小镇就坐落其间。他们的车在石灰岩的上方呼啸而过，直到快出山谷时，通往山口的上坡路才变成了舒展的弯道；夜里，他们仿佛驶向了世界的尽头，四周漆黑一片，只有车灯亮着光。莱特弓着腰，在蒙了水汽的挡风玻璃上擦出一块地方，从那里向外窥视，但通着风或开了暖气的时候，他又和以往每次旅行一样，靠着椅背，伸展手臂。假如他没记错，用不了一小时就可以越过山口的至高点抵达阿亭湖，所以在那里守候日出是最错误的决定，而且得等到太阳越过山脊才能看见。这个湖紧紧嵌在岩石与鹅卵石之间，很荒凉，岸边有几家待客极为殷勤的家庭旅馆，旅馆间还错落分布着几处带售货亭的停车区。当然可以停在其中一处等候日出，并期待售货亭能尽快开张，出售在当地被称为"一小杯棕色的"浓缩咖啡；这个湖已位于蒂罗尔地区，售货亭卖烟。

莱特扭头看了一眼，他的皮衣衣领上方是如此陌生的头发和如此陌生的双耳。假如我们按计划去阿亨湖,那已是在国外看日出了,他说。副驾只是发出赞同的声音,如梦幻般轻柔,他只能继续往前开,似乎已谈妥日出之后的安排,或至少两人都认为,哪怕在漆黑的夜里,他们也要继续没有目的地的旅行。如果去南方,他喜爱夜间行驶,时间一点一点流逝,他独自一人抽着烟,听着音乐,渐渐地接近温暖与光明。但也有结伴旅行的时候,克里斯蒂娜和他,两人都被烟雾包围,空气中飘荡着音乐,车外万籁俱寂。他们会在某个时候停在小路上,那里已能闻见不远处的海水以及被冲上岸的东西的气味。那时,他们会倒干净烟灰缸,赤着脚走到后座,为什么不呢?何况这一行为在这儿总有点搁浅的意味。

奥地利的汽油便宜点儿,帕尔姆突然说。他这位司机在回应时才猛然发觉,这是一个诱饵:是的,正确,我们要去那里加油吗?他松开一点油门,好像这样还能阻挡事情的进程。加完油我们最好再开一段,他的旅伴说。若不是旅伴她又是谁呢?倘若她想再开远一点儿,也就是经过阿亨湖之后继续向下面的茵谷开,那就不再是短途旅行了。我们开吧,直到太阳升起,然后吃早饭。

前挡风玻璃蒙上了一层水汽,莱特把车窗放下一点儿;已能望见萧条的边境检查站,马上就到那片荒凉的湖了,这段路他走过一次,所以熟悉,那是去年夏天,在他参观过瓦尔贝格住宅区之后。他一般总是穿越瑞士境内往南开,途经恩加丁,和克里斯蒂娜的最后一次旅行也是如此;他们计划去西西里岛,但最后只到了海峡边的瑞吉欧,在那里他们决定放弃那个孩子。他俩坐在街边的饭馆里,喝着葡萄酒,谈话一开始还比较理性。看吧,孩子其实对我们没有意义,他在添酒的时候说,克里斯蒂娜边喝边摇摇头,但她当时是赞同的意思,是的,没有意义,每个人都忙自己的事,孩子谁来管呢?她举着酒杯说,好,那就不要,或许这样更好,对咱俩都更好,而他也说,是的,你可以继续留在剧场,继续在那里挥洒爱恨交加的泪水——这是她对舞台上的泪水的描述,他只是重复了她的话:你不会每天夜里被孩子吵醒三次,你可以继续挥洒爱恨交加的泪水。听完这句话,她径直从桌边起身走了,而他,也许因为太疲惫,又也许因为太胆怯,没有追上去。他把酒喝完,而她坐火车回家,不然还能去哪里呢?

莱特关上他那侧的车窗,前挡风玻璃清晰了。这时已能远远望见阿亨湖,湖面黝黑而平滑,临街的湖岸建得很仓促,对岸则荒芜一片,是冰川堆石形成的一道不透水的山麓;湖呈长条形,中部有点弯曲,湖水流到那里不幸被挡住,于是就漫了出来,夜里也是如此。马路的两侧有一些观景停车区,他选了一个没设售货亭、但装有护栏的停车区停下,护栏下方就是一道植被茂密的陡坡,一直延伸至湖岸。抽支烟休息一下,他说着下了车。停车区的雪已清扫过,堆在一边,亮晶晶的,但有点发黑。莱特走到护栏前,他的副驾或旅伴走到他身边,他把烟盒递给她,一包新的,她抽出一支,他给她点火,她用手护着火苗,也同时护着他仍旧冰冷的手,而她的手却很温暖。现在我们站在这里了,他说,望着阿亨湖,而不是在睡觉。

您累吗?要换我吗?帕尔姆想拉上他的外衣拉锁,不过拉链头上的小挂坠已经丢了好几年,必须用手指抓着拉链头,他示范给她看。这样就行了,他说。她答道,好的。那好,现在我开车,您睡一会儿吗?咱们聊的是不是太多了?她吸了一口烟,眼睛里映着一点火光。这一行一行的对话,如果出现在懒于叙述的作者的书里会是怎样?深夜,两人在湖边。即便是夏天,在这个湖边度假的人也多少有点令人同情。一个男人和一个女人，男人身穿套头毛衣，在苦苦思索，女人没有苦思冥想，她的皮衣少了拉链坠，句号。

我开到高速路旁的加油站，莱特说，然后您接着开。在那里也可以买到养路费标，十天的，两个月的，一年的，看个人的需要。您觉得我们要买吗？他踩灭自己的烟头，走回车里。我们要么不买，然后根本不上高速，要么买一年的，不是说得因此在外面待一整年，您三百六十四天不用也没人会介意。您怎么想，蕾奥妮？他转动钥匙，引擎顺利启动了；他挂上挡，开回大路上，单手握方向盘，因为对面没车，另一只手像往常那样扶住变速杆。其实他不用人替，夜间行驶已让他更加精神饱满，这个词会遭人嘲笑——如今精神是什么呢——尽管如此，通向茵谷的盘山公路让他沉浸在断断续续的乐声中，他的母亲过去也一样，她感觉好的时候就听《魔笛》或《蝙蝠》的片段，感觉不好时则听舒缓的流行歌曲。当太阳落下房檐，我只剩下自己的渴望，临终前是这首曲子陪伴着她。盘山公路上，他也单手扶方向盘，帕尔姆只是抬起一侧的眉毛，每次急转弯时他都能看见。咱们应该买过路费标，她说，我来付钱，包括油钱，如果您介意的话，可以以后结算。

以后，这不确切，今晚，明天中午，周末，任何时候都有可能；他当然可以追问，以后？以后是什么时候？蕾奥妮，请问是今天还是明天，您考虑的是多长时间？但他没有追问，更没有细究，他开过山谷前的最后几个弯道，拐进高速路旁常见的24小时加油站。他在那里办了该办的事，加了油，把挡风玻璃和车灯擦干净，而女车主这时已走到了付款台。莱特透过窗户看着她，夜间外出的女人，身材苗条，穿着随意，头发有一点乱；她示意收款台前的男人做这做那，其间还向外招了招手，耐心点，我也买点东西。在玻璃的倒影里，她看不出年龄，像四十,也像三十,一个笑对年龄的女人,是的,他甚至听见她在笑,收款台前的男人也跟着笑。之后她消失在后面的区域,可能是去了卫生间,不一会儿又出现了,付了钱,得到一个小盒子,拿着它走出来,他为她抵住车门。我再开一段,他说。这句话他很久没说过了,能对谁说呢;不是说大话,只是暗示她,你再休息会儿,我来开,我没事,再开一段后我们可以换。他绕过车头,上了车,这时蕾奥妮·帕尔姆已经把养路费标贴在了窗玻璃内侧,一整年的。

莱特又坐回驾驶座,发动了车,开出加油站,驶入一个环岛,那里有通往高速的路口。一条高速通向库夫斯坦因和边境,即回家的方向,另一条通向因斯布鲁克和布伦纳山口。他拐进第二个路口,好似已商量好了。帕尔姆打开小盒子,有热的苹果派和咖啡,您要不要来点?凌晨两点提这个问题显得有点突兀,等车开上高速后,他吃了一点,这个时间高速上很空,在快速道可以立即加到四挡、五挡。对了,咱们带电话了吗?我没带,您呢?他半侧着身子问,可他为什么会想到这个问题,或许因为它带着点叫停的意味,仅电话这个词就有点叫停的意味。更重要的原因是,每当他出版的书里出现替代电话的新词,都会触动他,是啊,打电话成了整个故事中随处可见的拐棍了。当然,帕尔姆说,只是我不太会用,是我女儿的,她不需要了。

莱特伸出手,又要了一块苹果派。他边吃边开,喝着咖啡——那么,您有一个女儿?他喝完最后一口咖啡后问道,忍了很久,但仍有演技不佳的感觉。我知道你的女儿死了,但还要问你,他在心里暗暗说,我也知道甚至能预感到你是谁。蕾奥妮没有立即回答;她抿了一口咖啡,两手捧着杯子,好像咖啡还是烫的——从她拿杯子或更应说支撑在杯子上的姿势可以看出。这时他们已行驶在上山的直路上,向着著名滑雪跳台下方的隧道驶去,就快到因斯布鲁克了。他看出她有点激动,鼻翼鼓动着,如同蜜蜂起飞前充气的气囊。她观察着他——他经常会提醒,观察这个词适用于博物馆,力道太大,和目光一词类似,应该换一个不太咄咄逼人的表达方式,但她确实是从杯沿上方观察着他。

是的,一个女儿,她说。我曾有过完整的生活,丈夫和女儿,一条狗和一家帽子店。狗被车撞死了,这有可能发生。孩子还不到五岁时,男人去了印度,之后再没了音讯,对于宁可做白日梦也不愿工作的人来说,这也是有可能的。留给我的是女儿和那些帽子。当时我的帽子还适合一些人,所以商店生意不错,孩子也顺利长大。但一夜之间她就变了,突然变得像她那几乎不认识的父亲。她加入了一群靠空气和音乐生活的人,相信自己十五岁的大脑所能想到的一切事情。这样又持续了十五年,之后一切就都结束了。您应该留着巴拿马草帽,不好的回忆也有其意义,它可以让眼光变得敏锐,能发现当下的美好,不知道我是否有资格对书单中没有各类指南的人说这样的话。我们到哪里了,现在往哪里去?蕾奥妮在滑雪跳台下的隧道里问,更多是出于好奇而不是担忧。直到开出了隧道,在夜空下向着白雪皑皑的山麓行驶时莱特才答道,我们已经在往布伦纳开,如果继续向前,就可以越过阿尔卑斯山去到很远的地方,蕾奥妮,这正是您想要的。

5

莱特望着路,他几乎已忘记夜里伴着一位女士开车的美妙感觉。身旁的人一言不发,车里很安静,只听见引擎的轰鸣声;他曾度过不知多少个这样的夜晚,身旁是熟睡的女人,以某种姿势蜷缩在座位里,一条腿遮盖着,另一条腿裸露着,裸露的腿上放着他的手。但蕾奥妮·帕尔姆却十分清醒,她点着一支烟递给他,这也是一种表达,然后也给自己点上一支,并把她那侧的车窗打开一点,他那侧的窗已完全打开,因为他们来到了布伦纳高速的收费站;这个时间段车流少,收费站只开了一个窗口,高速费是九欧元,在他去年夏天走过这段路之后,又涨价了。他的旅伴——她现在又加上了这个身份,而且是主要身份——递给他一张十欧元的纸币。他递出去,找回一个硬币,再向右递,她接过去;此时一切都看似很简单,仿佛他需要做的只是不断向前开,而目的地会自动出现。但他一开出收费区,就在收费站前的开阔地停下,下了车。

我开够了,现在您开吧!

　　他说这话的时候声音有点过大，其实根本不用说，因为雷奥妮·帕尔姆已经移到了驾驶座上，调整了座椅，嘴里叼着烟。他喜欢这一点，比他说的话要好——多少次他都把类似的表达删去，我够了，现在您开吧，写上这句话，只因为它安在哪里都行，百搭。即便在真正的生活中，听到这样的话也会让他不淡定，更不要说是夜里三点，不睡觉，而是和一个全然陌生的女人做一场没有目的地的旅行，虽然他一点都不累，全然陌生的女人其实也并不完全陌生。他只是一点都不了解她，但喜欢看她嘴里叼着烟、套着自己外衣的样子，她这时打着车，关上她那侧的门，向他开过来，方便他上车。走吧，她说，上车吧，您可以在带来的书里找一段念给我们听，日出之前我开，大概能到哪里？

　　莱特上了车，估算了一下这段路，先从布伦纳到博尔扎诺，再从博尔扎诺向维罗纳的方向行驶，穿过阿迪杰河谷一直开到山末端的阿菲。如果不长时间休息的话，大约能到阿菲，那是维罗纳郊外的购物中心。您熟悉维罗纳吗？他把烟扔出窗外，帕尔姆挂上挡，开出了明亮的收费站，驶入漆黑的夜色里；在拐过一个弯道，从高地山谷驶向山口制高点的时候，夜点亮了自己的灯，山谷上空繁星点点。不，我不熟悉维罗纳，开车的女人说——若她是座雕像，看上去令人平静——我们夏天去过波罗的海，我只去过一次罗马和威尼斯。几乎可以说，我还没去过意大利。

　　可以这么说——莱特把座椅推后一点，也把靠背向后摇下一点，让自己坐得舒服些。我还没去过意大利，上一次听到这句话还是在他母亲那里。母亲曾是位于弗莱堡东南的基尔希察尔滕镇的图书管理员，从那里穿过瑞士即可到达马焦雷湖，可母亲从没去过。她的丈夫曾在早已关闭的弗莱堡罗泰克文理中学当公职教师①,教拉丁语和历史。他从没履行过父亲的职责,因为他的生活中只有死人。他害怕旅行,满足于在古书中游历,直到有一天他捧着书被车撞了,他的死为人津津乐道。莱特对葬礼只有模糊的记忆,八月的某一天,下着雨,母亲撑着把坏了的伞,他十一岁,牵着她的手,当晚就请求母亲,从那一刻起称呼她安娜,表示自己已成年。后来,他们从弗莱堡搬到邻近的乡下,也就是基尔希察尔滕镇,当时那里的房租还相对便宜,安娜·莱特继承了丈夫对旅行的恐惧,这也是她在他过世后表达忠诚的一种形式。镇里的图书馆成为她的全部世界,她在那里组织读书活动,而她还不满十三岁的儿子,已坐在最后一排,听某位甚至在基尔希察尔滕也要尽力做宣传的成年人在前面朗读自己的作品。在他还不满十八岁的某天晚上,母亲安娜握着他的手说,她得了淋巴腺癌,将不久于人世。她当时已十分消瘦,尽管如此他也不愿相信。不久后她停止了工作,又过了两周,她住进了弗莱堡的一家医院,再一周后,她就几乎说不出话来。每天放学后,他都去探望她,在床边的椅子上一坐数小时,在某个时间仿佛静止了的下午,她突然把手伸向他,他俯下身,听见她用几乎清晰的声音说,我还没去过意大利,好像他还能改变这个事实,于是在这天下午,他庄严地大声向她承诺,安娜,我们去。大约在傍晚时分,她去世了。

　　您不是想从书里念一段的吗?帕尔姆身体微微前倾,超过了一辆卡车,接着又超了一辆,她开得很流畅,对路况也心中有数。您想要的,不是我,他说着伸手从脚边袋子里拿出那本封面有污渍的小书,其实做就可以了,不需要再解释,可是,

---

① 德国中学里有公务员身份的教师。

您想要的,不是我,这句话却不由自主冒了出来,即便听着不像唠叨,也还是唠叨。莱特放下遮阳板,里面肯定会有带小灯的镜子,的确如此,他打开小灯,可以看书了。书上的名字,他说着把书举高,和封面及字体很相称。依内斯·云,它打开了一扇窗,您不觉得它也可以作为标题吗——是这样吗?

您在说什么,莱特,是累了吗?帕尔姆把手伸向书,其实是伸向他,抓住了他的手,只停留了一秒,就条件反射似的再次双手握住方向盘,他忍不住想冒犯她,哪怕只是轻声地说,咱俩都知道,蕾奥妮,是您写了这本书。而我们也知道——或您也知道,我在这种情况下感觉迟钝——旅行是为了让我看、念或者听这本书,书结束的时候旅行就结束了。假如我没带上这本书,您会带上它,但您是对的,它比饼干对我重要,至少和香烟一样重要。我该念哪一部分,是从头开始吗?我也只能为我自己念,您了解它的内容。

莱特想打开书,但帕尔姆一脚踩住刹车,向右猛打方向盘,把车开到紧急停车带,又一脚把刹车踩到底,车猛然停住了,他的额头撞到了遮阳板;她熄了火,打开双闪。一切也可以现在在这里结束,她说,您觉得咱俩为什么坐在这辆车里,您和我,因为一本书?您真的这么想?她拿起烟和打火机,微微侧过身。咱俩坐在这里,是为了那些生活中失去了或根本没有存在过的人,她说。莱特想反驳,但他无话可说,只能摆动双手表示对她的话的质疑。最后她抓住他的手摁在腿上。您觉得咱俩是谁?说这句话的时候她几乎没有抬高声音,嘴里紧紧摁着烟。两个破产的人。莱特,您弄垮了一家出版社,而我搞垮了一家帽子店,不只因为没有适合戴帽子的脸,不是的,因为人们不再需要我的帽子,如同他们不再需要您的书,实际上很久以来,他们要的是与手工帽子或好书截然不同的东西。您手里拿着的这本个人印制的小书,就是这一事实的结果,但其中也有我自身的原因。是的,如果您愿意读,我会很开心,但如果您把它重新放回包里,也没关系。我们能在夜里同坐在这辆车里,这已很幸运,如果我没弄错,我们现在是在阿尔卑斯山主峰前的某个地方,而且不知道接下来要去哪里。如果您不这么想,现在就可以下车。或者我下车。但我得先留着您暖和的外衣,以后再还。

谁也别下车,都不,莱特说,手再次举起,好像抵挡着话语的压力,而且是双重的。您现在从这里开出去,蕾奥妮,这不是停车场,而且请您告诉我,应该从哪里念起。

帕尔姆发动了引擎,看了眼后视镜,又等了一辆车,才开出了紧急停车带,并加了速。第十一页,上面:她活动着身体,仿佛身体会随时散架。您从这儿开始念。您也可以自己看,不过要告诉我写的怎么样,哪里可以修改。我们写下的文字是唯一可以修改的事实,这一点您比我更清楚。当您念出我的名字时,已有所帮助。

全听您的,蕾奥妮——莱特打开书,找到那句话,开始读。女人走在光秃秃的树下,两手捂住脸颊,以防它裂成碎片,她就这样走到了街上。她站在路边向来往的车辆招手,过了一会儿,一辆车停了下来,司机甚至从车内给她打开门——无论女人有多失魂落魄,只要穿着高筒靴和皮领外衣就够了。车里的人穿西装,岁数与她相仿,已婚,当他一踩油门超过两辆车时,她看见了他手上的戒指。他开车时很谨慎,但认为在车里无论说什么都没错;他对她说话的语气就像是对街边的妓女,我们究竟要去哪儿?她说出一个地址,问他能否送她去。他问她是否在那儿住,她回答不是。其实这就够了,但她还说,那里住着的人认识我女儿,他们也许能告诉我,她为什么会在寒冷的夜里拿着一瓶伏特加躺在湖边,结果在那里冻死了。

　　莱特扭头看驾驶座。帕尔姆开车时头微微后仰,鼻翼、嘴唇和下巴形成的曲线令他无法违抗,一个词都不行。您为何要给车里的男人讲您女儿的事?他问,这可信吗?

　　我为什么?这个男人根本就不存在。他是我虚构的。为了最后有个啐唾沫的对象。因为他除了开车什么都不会。他开始冷嘲热讽,提议去酒店开房,幸好说这话时,车停在林中路上唯一一个行人红绿灯前。她啐了他一口唾沫,下车跑回林中,呼唤女儿的名字,虽然这么做很荒唐,毕竟人们找到女儿的时候她已死去,而且不得不掰断她的手指才取下了她手里的空瓶。尽管如此,母亲仍呼唤着女儿的名字,而且竟然从树神那里得到了答案,您觉得这愚蠢吗?

　　我还没读到那里,莱特说,即使开着灯,看书还是很累。等天亮我再看行吗?他把镜边的小灯关上,合上遮阳板。您故事中说的这位逃下车跑回林中呼唤女儿的女士,她其实就是您。您为什么不直接用第一人称写?

　　那您为什么不直接用第一人称说话?我,尤利斯·莱特,您其实叫这个名字,坐在蕾奥妮·帕尔姆的车里,不清楚这场旅行会在哪里结束,我只是看到,车已开过了布伦纳山口,这是什么?她指着一栋古老的边境大楼问,那是一栋灰色岩石砌成的、已废弃的老房子,周围全是新盖的火柴盒样式的大高楼,像是孩子们搭的积木。是仓库和奥特莱斯购物中心,为振兴关口经济建的,莱特说,是的,我和您做着一场没有目的地的旅行,但您最好看着路。没有人非得用第一人称写作,但以这一方式透口气也并不羞耻。尤利斯是我当拉丁语老师的父亲起的,这个名字不好。还有,我们刚刚进入了意大利境内,不过这里看上去有点破落,您还能开吗?提问的时候,他没有扭头看司机,而是向右看,从他那侧的窗户望向布伦纳火车站,那里很热闹。探照灯的白光照亮意大利那侧的轨道,临街的站台上挤满了人。数百人在一辆车门紧锁的火车旁挤成一堆,即便在灯下,看上去仍像一条深色的蛇,不过掺了些颜色,是他们携带的物品的颜色,许多包裹、背包、床单、帽子和彩色头巾。帕尔姆没看见,她向前看着在隧道前变窄的路,他也只字没提,眼下说什么能让她继续集中注意力?蕾奥妮,您现在注意隧道,这里变成一条道了,但如果您向右看,可以从我这侧的窗户看见,我们即将遇见什么——他自己也是第一次亲眼见到,之前只在自己最喜爱的报纸上读到过,虽然这家报纸与他之前的出版社一样岌岌可危,但报纸上的文章和照片都可信。我们现在到意大利了,帕尔姆说,这时他们再次开出隧道,路旁是火车站前的广场,空无一人。她要了支烟,莱特给她点上,她的手还握住方向盘,因为路上仍只有一条道,他把烟放进她两唇间,嵌入那条无法用言语描述的曲线,他注视着她,观察她吸烟、呼吸和开车的动作。烟抽完时,他们开到了维皮泰诺附近的收费站,那儿不用交费,只需取一张小卡片,白色的拦道木就抬起了,前面就是通往西西里岛的高速路。

帕尔姆在其中一个收费口停下,打开她那侧的车窗,取出小卡片,递给他,像两个结伴旅行的人常做的那样,这个,你拿一下;这时拦道木已抬起,她开上再次变宽的高速,换成三挡、四挡、五挡,而他把小卡片放进上衣口袋,正好在跳动着的心脏上方,这颗心已经很长时间只为他一人跳动了,盲目的泵——盲目的泵,他是怎么想到这个词的?如果他还能思考而不是已在半梦半醒之间的话。又是那些老问题,人即将入睡时会想些什么?一个人还会遇上哪些想法,就像他遇上了蕾奥妮·帕尔姆以及这次没有目的地的夜行一样?

她超过一辆大巴,车行的方向已看不见尾灯,迎面的方向也不见车灯,他俩在黑暗中独自穿行,其实这不可能,除非闭上眼睛——莱特抵御着困意,抵御着随意蜷缩在座位里的舒适感,就像夜航时人们常做的那样。他把自己那侧的车窗放下一点,把额头伸进凉飕飕的风中;他的眼睛灼热,不过他不能闭眼,夜间行驶时副驾得睁着眼。他可以打开收音机,找点动听的音乐,但一触及选什么音乐的问题,马上就会出现不同意见。他宁可转身看着女司机,这时已到布雷萨诺内与博尔扎诺之间的那条崎岖狭窄的路段,女人穿着他的旧外衣,头发垂在领子上,还有几缕发丝披散在脸颊上,蕾奥妮·帕尔姆微微歪头时,那几缕发丝会来回晃动——她的名字与脸如此相配,没有丝毫强加的痕迹,真少见。您开得不错,蕾奥妮,很好:好一阵儿他都想这么说,但快到博尔扎诺前他却问,她是否还够清醒,回答只是一声叹息,女孩般、病恹恹、懒洋洋的。莱特关上窗,两手交叉放在颈后,以防它们做出些可能会让他后悔的事。要我打开收音机吗?您想听音乐吗?

还是您说点什么吧,帕尔姆说——说说您当拉丁文老师的父亲,他教过您什么?肯定教了吧,您还记得多少?我想学拉丁语的,但我们那儿没这门课。我学的是针线活儿。

他最先教给我的东西我还记得,amare,爱,这个词的变位,您想听吗?莱特从包里拿出水瓶,拧开瓶盖递给她,她小口地喝,在车快进入博尔扎诺附近的隧道时又递回给他,双手握着方向盘。他观察她在隧道里操纵方向盘的动作,喝着水,也品尝着她的味道。是的,我想听,她说,这时他们已开出隧道,在向左延展的弯道上行驶,时而从博尔扎诺的老房子上方开过,时而经过拔地而起的新楼群,天还没亮,等他们再开到直路上时,宽阔的阿迪杰山谷才在初升的朝霞中显现出来。Amo,amas,amat. Ich liebe,du liebst,er sie es liebt。① 这些不会忘,莱特说,这是那个曾是我父亲的男人留给我的为数不多的回忆。我们曾去后林峰山远足,那是黑森林地区较高的山峰之一,离弗莱堡不远,我还不满十岁。后林峰山光秃秃的圆顶上,有一座笨重石块堆成的世界大战烈士纪念碑,上面刻有拉丁语入门课 Amo,amas,amat,amamus,amatis,amant。之后是第一人称单数的过去时,amabam。公职教师莱特上坡之后已筋疲力尽,对其他时态也都满足于第一人称,或许也是迫于他的妻子、我的妈妈的压力,她当时坐在纪念碑石堆中间剥着坚硬的鸡蛋皮,这我也至今难忘。Amabam 是 ich liebte②。Amavi 是 ich habe geliebt③。Amaveram 是 ich hatte geliebt④。将来时和将来完成时是回程路上学的。那是他最后一次远足,后来他在弗莱堡市中心闯红灯时被车撞了,因为他活在拉丁语的语法时态里。他把一生都献给了古罗马,自己却从没去过,后来我替他去了,搭顺风车去的,但不是为了巩固学过的知识,而是为了忘记它,为了消除过去,只留下未来。Damnatio memoriae⑤,除却纪念,消除记忆,这是古罗马统治者为彻底消灭一个人或一个民族采用的极为可怕的手段——公职教师莱特连吃饭时都在谈古罗马,这些细节儿子都记在心上。以这种方式把父亲从心里除去也比因他而毁灭要好。蕾奥

---

① 德语中动词 lieben (爱) 的人称变位形式,依次为"我爱""你爱""他/她/它爱"。
② 德语中"我爱"的过去时。
③ 德语中"我爱"的现在完成时。
④ 德语中"我爱"的过去完成时。
⑤ 拉丁语:除却记忆。

妮,您的女儿是病了吗?

　　莱特从颈后抽出一只手,放在他外衣的衣袖上,下面是陌生的手臂,只过了心跳一下的时间他就意识到了,又缩回手摸了摸下巴,那里已像每天清晨一样扎手。帕尔姆向他伸出两个手指要烟,他点上一支递给她,她抽着,像是从来没戒过烟,即便没抽的时候,也像在表演抽烟的小品,这是他在女人身上喜欢的一点。您别指望我会从医学角度对我女儿做出解释,她说,而且您也别指望听了我的话能明白,她为什么在寒冷的夜里躺在湖岸上。这就是我女儿本来的样子。很纠结。

　　我们也都纠结,但还活着。

　　那她就是更纠结。她的发型原来和我一样,但人们找到她的时候,她留着士兵的短发。后来我去她的房间,发现她的头发完整地放在床上。她剪了头发,因为觉得不再需要,就这么简单。我们不再是猴子,头发不是用来给头保暖,而是得让我们喜欢,而且是让两个人喜欢,除非人疯了。但她没有疯,不过是独自一人。和她为了自我安慰写了一本关于她的书的妈妈一样。我最好把书扔出去。

　　没人会扔自己的书,更不会扔在高速上——莱特又把手搁在他外衣的袖子上,这一次没再缩回来,他握住下面看不见的手臂——故事是怎么结束的?

　　树精们愿意给母亲一个机会,把时间调回一星期之前。这样她可以跑到林中湖边,坐到离女儿不远处的岸边,陪伴她度过最后几个小时。但她不能走近她,不能和她说话,不能冲她喊话,只能看着,不能打扰她的死亡过程。

　　您的女主人公这样做了吗?

　　是的。母亲看着,女儿冻死已是无法改变的事实,只能向前看,不能回头——damnatio memoriae,现在我甚至学会了一点拉丁文,您不必再读这本书了。不过,您会被书的内容吸引吗? 会出版我的书吗?

也许吧。

也许吧等于没有回答。

莱特挨着车窗,一侧的太阳穴靠在颤动的窗玻璃上——其实,也许吧是他的标准回答;您继续写,也许能出书,他曾用这句话安慰过无数梦想成为作家的女性。他向外看,望着在冰河期挤压而成的山谷,两边的山坡被巨大的冰川打磨过,甚至证明这里曾经是海,数十亿风干的骨架和贝壳,随着时间的推移被挤压成石灰岩,而上方的天空却没受到丝毫的影响。朝霞——这个词只会令人畏惧,山谷东方的天空显露出一点蓝粉色,仿佛是躺在冰冻湖岸的年轻女人的脸颊。那时,伏特加还温暖着她,血流得越来越慢,终于在某个时刻无法抵达脑部以及那里所有的纠结——朝霞映在果园上,树上已开满了花,令人难以置信。他吸着烟,头还倚着车窗,望着山脉,望着岩石中的裂缝和沟壑,也望着开车的女人,正如她把一切都看在了眼里,也包括这位同行者;他吐了口烟,没有什么需要用言语表达的了。

临近阿菲时,他的语言才再次苏醒,此时山谷收窄,略向上倾斜,成为横向的山坡,上面立着四个风车。山坡开阔、静谧,在朝霞的映衬下已显出浅浅的粉色。假如这里有精灵,他说,他们会蹲在风车的扇叶上,叶片一转就会咯咯地笑。精灵分不同种类,我觉得您书里的是严肃的一类。马上就到我们的出口了,阿菲,那个购物中心,我们休息一下还是您有别的打算? 提这个问题时,他们已越过了横坡,望见了憧憬已久的广阔平原。莱特从衬衣里拿出收费站的小卡片和一张二十欧元的纸币,现在轮到他付钱了。帕尔姆轻点刹车下了道。怎样的想法,她问,去酒店吗?去酒店应该在晚上,不是早晨。
而且也应该去海边的酒店不是吗?她开向收费窗口,他把小
卡片和纸币递给她,她再把两样东西递出去。车上有躺椅,人
比在飞机上舒展得开,您多高?收费员把找的钱递给她,她伸
手去拿,拦道木抬起来,莱特靠过来,从她手里接过硬币,她握
住他的手。换挡,她说,他加到二挡,她一只手握方向盘,他给
她指方向,开进一个环岛,紧接着又开进下一个,她得停一下,
他换到空挡,用的是左手,而她还一直握着他的手,好像两人
是坐在电影院里,银幕上的门把手此时缓缓地往下转。换挡,
她又说,他们以一挡的速度从建材市场旁开过,拐入一条购物
街,街的尽头是一座商城;整个建筑群如一个巨大的肿瘤,商
城门前有一个大型停车场,这会儿还空荡荡的,商场的对面,
也就是朝向树林和垃圾场的那一面停着几辆车,和这些车隔
了一段距离停了一辆挂旗子的房车,她仿佛是受到了召唤,径
直向房车开去,但又从房车边开过,再开出一段才停下来,车
头冲着树林。那是高高的夹竹桃,中间有些挡雨棚、矮灌木,
还有一点动静,一点生命力,好像动物闯了进去,绵羊、山羊或
其他小动物,过了一会儿莱特才看明白,那是一群人,他们紧
紧抱着自己的财物,背包、包裹和塑料袋。帕尔姆关闭了引
擎,但还一直握着他的手,她望了望房车,说,这辆车来自我过
去生活过的地方,那里的人喜欢把我们的旗子挂在屋顶上。
现在把座位往后挪一下——我刚才问过您多高?太高了吗?

一米八六,他说,但有躺椅总比一无所有强。咱俩睡两小
时,然后买点需要的东西,吃完早饭后继续开。

为什么只睡两小时?

莱特倒下自己的座椅靠背。蕾奥妮,在您身边睡太久是
一种损失。

6

　　莱特不只损失了两小时,而是将近四小时,他非常疲惫,尽管躺得不舒服,身体还是进入了沉默状态,陷入睡眠之中——如果他来讲自己的故事,他不得不跳过这几个小时。最后,他在车里热醒了,也是被亮光弄醒了。虽然他脱下毛衣,用衣袖松松地蒙住了眼睛,但阳光仍从车前方直射进来,钻过了毛衣网眼,透过了他的眼睑。他撑起身子坐起来,看了看同行的女伴,她还睡着,头微微转向他。醒来发现自己躺在车里,身旁有一位几乎不相识的女子,这就是人们常说的靠着一张陌生的脸醒来。如果说他吃了一惊的话,那么令他感到惶恐的,最多是因为这张脸上没有丝毫他不熟悉的东西,恰恰相反,他在她的脸上看到了那些在岁月里即将溜走、只残留了些痕迹的东西,例如过去家中有人的信号,熨斗放在喷了水的内衣上发出的芬芳,带百褶灯罩的落地灯的光,暖气管的嗡嗡声,翻报纸时的窸窣声,报纸后飘来的烟味以及母亲周日常有的感慨。他朝着座位间的手刹俯下身,凝视这张熟睡的脸,蕾奥妮为他还原了一个遥远的画面,在弗莱堡阿斯托利亚电影院里他的初吻画面,那个带烟味的吻,两人的唇紧贴着,他感觉到了不一样的牙、不一样的舌。其实他是在注视自己,注视这个快要忘记什么时候曾经这样吻过的人,嘴充满着渴望,不用迟疑,被对方全然接受,他沉醉于这样的感觉。莱特看见自己坐在车里,头发因被跳过的、熟睡中的几小时而纷乱,他弯腰俯视另一人纷乱的发,看见自己用手背拨开她脸颊上的发丝,一下,两下——他上一次这么做是在什么时候,他曾做过吗——他看见自己再次缩回手,仿佛什么都没发生过,然后用手打开他那侧的车门;他看见自己下车走了几步,离开带着大包小包的宿营的人,面朝太阳,看见自己伸展着四肢,天气暖和得令人难以置信。更令人难以置信的是,有人在叫他的名字。

蕾奥妮·帕尔姆向他走来,已经脱下他的外衣,戴上了墨镜,她也伸展着四肢,然后呢?这句话暗示一切仍悬而未决;她用拳头按了按他的胸,其实是一种触摸,一种接触。咱们可以吃过早饭往回开,我只是说这也是一种可能性。但咱们也可以继续往前开,找一个彼此都喜欢的地方。我睡好了,您呢?她的手刚要滑开,就被他捉住了。和平时一样,他说,您看见树丛里的那些人了吗?在布伦纳已有数百人,挤在站台上。我当时没说,不想您开车分心。车锁了吗?莱特越过车主茂密的头发望过去,车门关着,但停车场比先前满了些,附近停着几辆其他车;房车里的人这会儿观察着周围,一男一女,身穿运动衣,坐在车旁的野营椅上。帕尔姆轻轻推推他,我们等什么呢?去吃早点吧!

他们横穿停车场,走向购物街,商店之间是些咖啡吧和小吃店,一个披着毛衣、衬衣下摆露在外的男人,正准备把手放在身旁女人的背上;莱特看见这两人穿过停车场,突然之间单人就变为了双人,他和帕尔姆,他们走在那里,向前走——
procedunt①,这也是他当公职教师的父亲在那次远足途中教
给他的,还在 amare 及其词尾之前,procedere②,向前走,和
ambulare③ 不同,后者是散步或闲逛的意思,可他们其实就在
闲逛。两人沐浴在阳光中,在继续他们没有目的地的旅行之
前,溜达着去吃早点,两人还不怎么认识,男人和女人,男人略
年长,他仍不太确定,手究竟该扶着女人的背还是握住她的手
臂,该抵住咖啡吧的门让她先进,还是让她坐在室外餐桌边晒
太阳而自己去买早点?莱特觉得自己像个舞蹈学生,在这天
上午练习着基本的舞步,还不知道脚、手和眼睛该怎么动,在
别人眼中他还不习惯与其他人协调行动,何况两人还没有前
行的方向。尽管如此,他早点买得很成功,都是蕾奥妮·帕尔
姆爱吃的东西,他用托盘把食物端到咖啡吧外,咖啡、羊角包、
水果、一个鸡蛋和著名的火腿奶酪吐司。至少她宣称自己都
喜欢,他也信了,因为这是他喜欢吃的早餐——用餐时,两人
都没说话,他们都饿坏了,晒着太阳享用咖啡、蛋和吐司太舒
服了,令人感到舒服的还因为他们如今是两个人,双人的状
态:他们,两个坐在这里吃早点的人,即将迈入新的一天。抽
完烟,在咖啡吧背面的卫生间里简单梳洗后,他们在附近的商
场买了些路上需要的东西,每人的牙刷和共用的牙膏,这一点
上他们想法一样,还给帕尔姆买了两件 T 恤、内衣和一条牛
仔裤,给莱特也一样,只是没买牛仔裤;他还买了剃须用品和
墨镜,好莱坞电影里警察常戴的款式,带镜面玻璃——是她挑

---

① 拉丁语 procedere 第三人称复数形式,意为:向前走。
② 拉丁语:向前走。
③ 拉丁语:散步。

的，不是他。接着，两人还逛了食品区，买了大号瓶装水、面包、火腿、奶酪、一瓶优质红酒和一个开瓶器。他的女伴付了钱，他付了先前的早餐；衣服和墨镜的钱他俩平摊，虽然她有点吃亏，走出商场，她给他戴上了墨镜。

　　嘿，莱特，很适合你！这些话好似从一堆类似的话中破壳而出，话语长久不用会黏在一起，如同许久不用的关节，蕾奥妮·帕尔姆说这几句话并不容易，很费力，说完后她如释重负，长舒一口气向前跑去，穿过整个停车场——语言也会僵化，这些简短的句子令人宽心。莱特手里拎着一包六瓶装的水，看见她拿着分别装有食品和衣服的袋子向汽车走去。在有色玻璃镜片中，她的胳膊和腿都显现着夏天的颜色，仿佛刚从夏天归来。他看见，她正要打开车门，却又拿起袋子向房车跑去，接着他听见她喊自己的名字，喊了两遍。第二遍时，她已被飘旗子的房车挡住，看不见了，于是他也使出全身力气跑起来；他随手扔下那包水，也跑到房车前，车主站在那儿，短绳上牵着一条不安的狗，几步外是十来个拿着包裹和行李的露营的人，一家人或一个家族，可能是北非人，正准备出发。房车主穿着运动衣，额上还绑着头带，他冲着那群闲散坐着的人中最年长的一位叫嚷，非洲人虽一个字都听不懂，但能感受到他叫嚷的动作，眯起眼，帕尔姆也感受到了，她似乎想立即从中调解，而他，莱特，先喘了口气，心里仍在权衡，这时该做什么以及不该做什么，是啊，得弄清楚在这个暖如初夏的上午究竟有什么突发事件——若在书里，他无论如何都会阻止最终或许以斗殴结束的夸张情节；只有激情澎湃的床戏比这更糟糕，除了记忆里的，放在那里是合适的。

　　莱特看见自己卷起衣袖，几缕发丝被风吹到了脸上，正透过警察墨镜看着身穿白色运动服的养狗人，他向帕尔姆做了个手势,让她不要说话;然后他踩灭烟头,问这里出了什么事,用两种语言同时问双方。家族发言人还没开口,房车主就冲着莱特嚷道,这些人夜里偷走了满满一锅狗粮,因为味道重,他们把盖上盖的锅放在了车外。而这位,他边说边拉绳子,和我们一起睡醒想吃东西时,却啥都没了,您看怎么办?他弯下腰,把一只手伸进狗的嘴里,还说,他的太太根本不想出来,以免见到这里的战场。莱特问他是否愿意听自己的建议——虽不是什么豪言壮语,但这句话有作用。房车和狗的主人扭头瞥着那家人说,他们全跑到我们这里来,抢走他们需要的东西,换您您愿意吗?他把牵狗的绳子放长一点,狗立即冲向非洲人。莱特从帕尔姆手里取过食品袋,拿出葡萄酒和开瓶器,然后把袋子递给家族长者——他没多想,只是觉得应该这么做,于是自然而然做了,也可以说,他认为这样做有意义,而对于房车主人而言,养狗并抵制一切对他、狗、房车及里面的女人有威胁的事情是有意义的;认为有利于自己生活的东西有意义,这一点没错,完全合理。于是莱特拉着女伴的胳膊离开了,事情结束了,只是受了馈赠的人还追着馈赠者,既为道谢也为讨钱,他俩这时已走回车旁,莱特撕开六瓶水的包装袋,分了北非人三瓶,但没给钱,这就可以了,如人常说的这就够了;他把其余的水放到后座上,也包括那瓶巴罗洛红葡萄酒和装衣服的袋子,然后他发动了车。

几分钟后,他们就已开上通往摩德纳的高速路,帕尔姆赤脚翘在杂物柜上方的台子上,而他,莱特,两手扶着方向盘,嘴里叼着烟,很久没抽过这么好的烟了,尽管只有他在抽,却没有独自吸烟的感觉,副驾聚精会神地望着窗外,观赏着沿途的风景,一片片爬满葡萄藤的田地、待出售的荒地、闲置的农田、丛生的灌木以及外墙如寺院的厂房;接下来,他们又开过了一片光秃秃的平原,一棵树都见不到,快行驶到高速路时,才出现一座修长的教堂塔楼,阳光照耀着塔顶,闪着金光;之后,他们又经过了一片片的农田,其中许多种着玉米,还看见一条条沟渠和小河,两岸长着赤杨或芦苇,最后他们遇见一条大河,河道中间有个沙岛。波河,莱特说,蕾奥妮·帕尔姆惊喜地说,还真有这条河?名字如此简短而漂亮。莱特握住她的手,她也握住他的——这一刻,两人浑然一体,难舍难分。可以肯定的是,他俩手牵手开过横跨波河的长桥,然后继续向摩德纳和拉韦纳的方向行驶,虽然他们之前曾说去海边,是她说过,不是他;现在也是她定的方向,仿佛海只存在于概念中,只是一种想法,而一段一段的海岸线才是他们真正要去的地方,而这条路可以到达最近的海岸线。还可以确定的是,他们驶入了阳光灿烂的日子,开得不紧不慢,没有目的地,其实也是一种形式的漫步,或许可称之为流动的漫步——单人的状态早已消散在空气中。咱们就沿着亚得里亚海开吧,莱特说,到了喜欢的地方,咱们就在那儿过夜。

他熟悉这段路,太熟悉了。如果往南开,向着安科纳的方向,最开始的一段根本见不着海。即便离开高速上小路,沿着建有桥梁和防护网的运河开到海滩,退潮时也还是见不着海,只能看见淤泥,望见远远的水光。他们必须再开远一点,过了安科纳才能抵达浪花飞溅的沙滩,而若想见到岩岸边那孔雀蓝的海水,还得继续开。你熟悉这里的情况,我不熟悉,帕尔姆说。他再次两手握住方向盘——假如不了解对方是谁,最多知道是这个人,有这个人,那怎么能叫熟悉呢?这时,父亲远足时教给他的拉丁语又用上了一句,amavero①——这是他

---

① 拉丁语 amere 的第一人称第二将来时,意思是我将爱过。

从后林峰山回家的路上唯一记住的将来时形式,第二将来时,
年轻的男人,我将爱过。

7

　　记忆应如说明书里的段落,有助于人在特定情况下以正确的顺序说出正确的词语,可它却若轻声低语,令人迷惑或痛苦,抑或两者兼有。你熟悉,我不熟悉,这句话克里斯蒂娜就曾说过,在他俩第一次过夜前,她并非缺乏经验——她二十出头,是表演系的学生,她的喃喃低语会让每个老师神魂颠倒——,而是相信,已三十岁且博览群书的他更有爱的能力,可以做到一切,甚至能让她幸福。

　　莱特在左道上开,有一点超速。摩德纳与拉韦纳之间的路段车流有所减少,或许因为正值中午;太阳高悬,阳光只照到帕尔姆贴着挡风玻璃的脚趾。他在读书商学校时曾有个女友,是课上不织毛衣的少数几个学生之一。这位前女友也喜欢把脚翘在那里,腿上铺着地图,那时车里还没有一个单调乏味的声音用单调乏味的句式说,现在保持左道,可能的话请掉头,从第三个路口出环岛。这位柔声细语的马里昂会告诉他应该往哪儿开,而他抚摸着她的腿,她从嘴的最前端发出的柔和的 S 音令他难忘——不,回忆不是说明书中的片段,也不是

53

令人迷醉的低语。它更像人在黑暗中摸索时赤脚踩到的玻璃碎片，因为忘记了曾有东西摔落在地，忆起的是美酒，而不是碎了一地的酒杯。莱特松开油门，转身对女伴说，马上就到通往拉韦纳的出口了，我们现在得做个决定。我们可以下道去拉韦纳，附近有几处海滩挺美的，我们也可以继续往前开，等待海岸线慢慢显现，不过马上天就要黑了。

蕾奥妮·帕尔姆仿佛没听见他的话，她说，刚才那条狗是杰克罗素，我们以前也养过一只，后来被车撞了。这种狗挺好的，但它们无法选择自己的主人。

> 我应该和狗主人吵一架吗？
>
> 到晚上，我们能开多远？
>
> 如果途中休息一次，能开到佩斯卡拉。
>
> 那个城市漂亮吗？
>
> 海边有更美的城市。
>
> 比如？
>
> 比如巴里，但还有挺长一段距离。
>
> 什么叫挺长的距离，多长？
>
> 如果顺利，从佩斯卡拉三小时车程。
>
> 那我们为什么不开到巴里呢？
>
> 为什么您不回答我的问题？

因为这个问题没意义。我应该和那个狗主人吵一架吗？——为什么？为了激怒那个男的？帕尔姆在连衣裙里伸展了一下身体，好像是为接下来的行驶舒展一下四肢，为继续坐车做准备。莱特说，是啊，为什么不一直开到巴里呢？但咱们在安科纳休息一下好吗？他拿起烟，打开他那侧的车窗；飘进来的空气已变得柔和，或让人感觉柔和。两种说法其实意思一样,但他想做个比较:事实上的温度与他感到的温度,或许这是判断他是否已魂不守舍的依据——年轻点的作家不会用这个成语,似乎人不可能被迷得魂不守舍,更不用说如坠入爱河①、如在云上②、激情似火③、妙不可言④等其他成语,以及一些只出现在流行歌曲和新教牧师口中的表述。他没看见云,在他驾驶员这一侧只能远远望见几片轻薄如雾的云,哪怕幻想着在上面飘浮也不可能,它预示海就在不远处;经过一片连绵起伏的临海牧场之后,海出现了,深邃的蓝色在眼前不断地延伸。看,那是海,他说,但副驾根本没听见。蕾奥妮睡了——这句话仿佛是一个新发明的或突然从天而降的成语,蕾奥妮睡了。这样开车很轻松,如伴随着轻柔的音乐,他甚至自言自语地念着,蕾奥妮睡了,此时他们已行驶到安科纳的高处,阳光就要再次照进车内,正从右边或西边斜射进来。开出安科纳不久,他拐进一家加油站,停在遮阳篷下,轻轻的,不想惊醒熟睡的女人。

　　一个男人走到车前,加满油箱,这样的服务不多见了,莱特直接在加油柱旁付了钱,然后把车停在了快餐店的入口附近,这里既可以得到往来人流的庇护,车也停在阴凉地里。我去刮胡子,你继续睡吧,他俯身看着帕尔姆,说了一句多余的话,因为她睡着了,嘴微微张着,没有说梦话,只是发出孩子般的呓语。他带上刚买的剃须用具走进快餐店的卫生间。那儿的盥洗区有一排洗手池,旁边一人正对着镜子聚精会神地刮胡子,像是长途司机。莱特在脸颊和下巴上打上泡沫,瞥了眼

① 德语原文是 sein Herz verlieren。

② 德语原文是 auf Wolken schweben。

③ 德语原文是 Feuer und Flamme sein。

④ 德语原文是 den Himmel auf Erden erleben。

身旁的男人,他比自己年轻许多,还长着黑胡楂,然后他看着
自己渐渐显露出来的脸,刮去的泡沫越多,脸颊、下巴和上嘴
唇上的灰色地带就消失得越多。这张脸或许还能保持二十
年,犀利的眼睛,清晰的鼻梁,仿佛为抽烟量身定做的嘴,之
后,一切都会在几天内变得恐怖、肮脏、肿胀,只有头发还能保
住,如同一顶假发。他还在洗脸,用双手梳理头发,旁边刚剃
完胡子的人对着镜子冲他微笑——这会儿咱们又可以互相看
了,也包括这般岁数的你。

莱特拿起剃须用具,走进快餐店,那里有个长柜台和一些
站桌,还设有一个购物区,从玩具、轮辋到装满甜食的球形纸
袋都能找到,一辆车就可以全拉走。柜台前挤满人,站桌旁也
是,只有一张站桌边还留着一个空位,是为他准备的;蕾奥
妮·帕尔姆站在那儿,好像刚从床上起来,双肘撑着桌子。她
的面前放着两个冒热气的杯子,中间的纸碟上摆着一块披萨。
她立即掰下一块给他,睡梦中凌乱了的头发散落在她的脸颊
上,她透过发丝看着他——他可以发誓,从没见过比她更年轻
的成年女人了。男人刮胡子的时候喜欢做梦,她说,我以为得
自己一人在这儿吃饭了。嗯,我从现在起能叫你尤里乌斯吗?
尤里乌斯,这个披萨点对了吗?

还是接着叫莱特吧,不要改。
那这个披萨点对了吗,莱特?
这甚至是最正确的选择。
那我们做的事也是对的吗?

此时此刻毫无疑问! 他顶着快餐店里的喧嚣大声说,然
后吃了他那一份披萨,喝了咖啡。他试着模仿她的动作,注视
着她的手和她的手指,观察她如何拿披萨,如何卷起柔软的面

饼放入口中,如何弄掉沾在嘴唇上的奶酪丝。披萨还没吃完,
他已经牵起她的手走到购物区。他们又买了些面包、火腿、奶
酪,甚至还买了一瓶腌洋蓟心。以备不时之需,他在付款台前
解释说,但他说不清楚究竟是为哪种情况准备的。走出快餐
店时,他们仍手牵着手。抽支烟,然后我再开一段,说着他放
下了这只其实还不熟悉的手,这是第一个合适的时机。他们
走回车边吸烟,帕尔姆背靠着引擎盖,他站在她面前,购物袋
隔在两人之间,如一个沙沙作响的缓冲带。两人都戴着墨镜,
目光无法交流,只能观察对方面部的细微处,唇纹、前额的皱
纹以及太阳穴处暴起的青筋——这一切只能说明这里有人,
却无法说明这人是谁。烟还没抽完,莱特已坐回驾驶座,准备
朝着他曾经不想再去的方向出发。

　　过了安科纳之后他们仍沿着海岸线行驶,海时而消失在
海角后,时而闪现在墨绿色的山峦间;再后来,海再次完全显
露出来,只隔着前面的一片荒地,上面有些低矮的灌木丛和沙
丘,偶尔可见一两座废弃的房屋,几乎可忽略不计:目光所及
之处,尽是金属般的蓝色,一直延伸到地平线——亚得里亚,
它也可以是某位女子的名字。莱特一手握方向盘,另一手虽
然不用换挡也还是放在变速杆上。我们听音乐吗?他的问题
打破了车内的宁静,他不是真想听音乐,只因为车里太安静,
好似争吵后的冷战。蕾奥妮·帕尔姆敲敲身旁他的手,两人
挨得这么近,这是迟早的事,若旅行继续下去,到了傍晚,到了
黑夜,也一定会发生其他一些事情。什么音乐,我以前的录音
带吗?女车主——他突然又这样看待她——打开杂物柜,把
堆在里面的东西一样一样拿出来,举高让他看,有地图、发票、
圆珠笔、小本子以及她提到过的智能手机,她把手机随手搁在
了副仪表盘上;接着,她掏出一些纸巾和一些散落在外、只包

着薄膜的药片,还有一打老录音带;几乎每盘录音带的磁带都有一截脱落了,打了卷,她拿起卷最长、连磁带末端都掉出来的那一盘,看了看上面手写的标签。保罗·安卡精选,我们听这盘吗?

好的,但这样根本放不了。

可以打开盒子,把磁带卷回去。不然可惜了。

为什么? 莱特拽了拽磁带卷。你和你丈夫一起听过这些歌吗?

在我丈夫之前。我们在一起只有三年。结婚的时候我二十八岁,而保罗·安卡是我十八岁时听的。我可以修好这盘录音带,傍晚的时候听。咱们现在到哪里了?

马上就到佩斯卡拉了,莱特说,尽管还有将近一百公里,这段路离海越来越远,在荒芜的山丘间穿行,都是些无人居住之地;身后渐行渐远的山脉同样荒芜,午后的阳光照耀着圆圆的山顶,之前的山丘上坐落着一些狭小、拥挤的居民区,好似遥远的废墟。他还能清楚地记起这个地方;当海再次出现在他那侧时,佩斯卡拉真的快要到了。他们这时就真已走远了——魏萨山谷被他们远远抛在了身后,如同被远远甩在了身后的昨天。那次穿越田野、在漫天飞雪的森林里的远足也同样令人难以置信,其实收获很多,不过他没有认识自然的全貌,只注意到一些细节,例如一只被丢弃的手套、车轮印、一棵折断的树以及从不该有的裂缝中流出的松脂。他在那儿站了几分钟之久,最后用手指碰了碰松脂,又把手指浸入湿润的雪中,直到松脂脱落干净。他超过一辆液罐车,是运奶车,装的奶足可以淹死人。他转头看副驾,她缩着头,眼睛睁着,不,是闭着,好像独自梦着什么,这让他想起西班牙巴洛克时期的一幅画,也是他的出版社最后一批封面中的一张,抹大拉的马利亚的肖像,画家笔下的马利亚嘴唇过于饱满,美丽的眼睛望向天空,此外还有一些美好的东西,但画家没有一一展现,一个飘浮的秘密,和他身边的这张面容一样——他不时向身旁看去——那里有一种比飘浮的秘密还要美好的东西,他找不到合适的词语来形容,仿佛恰恰在这一缺失的语言中包含着通往这张面容的钥匙。

此时,高速路边是一条流淌的河,能望见灌木丛、鹅卵石和闪着金光的河水。在灌木丛斜长的影子里有个衣服募捐处,车经过的时候他看着像,之后他认出了比阴影更黑的面孔,看见了四处摆放着的大袋子、包裹、纸袋以及在晚霞中晾晒的内衣;他刚明白自己看见的是什么,车已飞驰而过。他又超过一辆运送活鸡的货车,看到栅栏后扇动的鸡翅膀,之后车开进了隧道,没有灯,他不得不摘下墨镜,在狭小的空间里打起精神。还没出隧道,他那一侧又能看见海了,无比平滑,令人慌乱。虽然这会儿是直道,车也不多,他还是松开了变速杆,两手握住方向盘。那次婚姻结束后,他说,你还年轻,不到三十岁。之后还有谁呢?

你是想听数字吗?帕尔姆拿起一支烟,也递给他一支,但他这会儿不想抽,他想了解自己在和谁进行着一场没有目的地的旅行,自己和谁一起开车到了傍晚。这时已到佩斯卡拉附近,对于一天的行驶时间来说相当远,若继续往巴里开,路程也不近,他们或许还能在那里的老城区买到一点吃的,一座小巧精致的老城,半椭圆形,靠着海,有着弯弯曲曲的小巷。数字,是的,数字也可以,他边说边超过一个车队,而这时他的副驾又开始整理杂物柜;她的腿上最后只剩下那盘打卷的磁带,下面垫着她的书。好的,数字。有四个。但重要的只有一个,他几年前去世了。最后一个被我赶走了,他觉得帽子店费

钱,甚至打听每天的收入。莱特,其他就没什么可说的了。但
是我不想听数字。

这不仅是个请求,已近乎一个命令,好像这么做可以给这
一话题画上句号。她从杂物柜里取出一张纸巾,仔细地擦拭
着悬挂在外的磁带。咔嗒一声,她打开了扁平的磁带盒,里面
的两个小卷轴,一个空着,另一个上面卷着一半磁带,也快要
脱落了,磁带松松的,已冒出了盒子的边缘。莱特瞥了一眼,
觉得修好没指望,但蕾奥妮·帕尔姆把里面的每部分都仔细
擦干净,然后把纸巾从车窗丢出去,他从后视镜看到了这一
幕——纸巾宛如一只受伤的小白鸟,也许是一只海鸥,在空中
翻滚,被高高地掀起,飘过对面的车道,最后落在高速公路旁
的洼地上。车依旧沿海岸线行驶,海有时会被小山丘或灌木
林遮挡,但经过佩斯卡拉后,它渐渐消失在薄暮之中,灰色融
入灰色。此时,右手边,也是西边,沐浴在红霞中的田野一直
延伸至天际,好似葡萄酒瓶在空中炸裂一般。

巴里,那里美吗?

她突然问,声音几乎从他耳边传来。副驾转向他,也微微
弯下腰。是的,他说,老城非常美。

如果曾有两个人在小巷中奔走,我猜想,那是你和那个怀
孕的女人?

我们到过那里,是的。

每人都还想要那个孩子。

在那个时候,是的——莱特踩下油门,帕尔姆又专注地修
理着怀里打卷的磁带。后来没要那个孩子是我一生中的错
误,他超车时说,为了把话说出来,至少说出来;他留在快车道
上,尝试着整理自己的思路,如果还有思路的话。在自己其实
很想依偎着另一个人的时候,如何还能思考呢?——他曾经

经历了怎样的纠结,直到最后做出了那个决定,孩子从未出生在这个世界上或许是最大的幸事。但在这个词其实不适用于所有的情境,例如不能说人死着在一样;从人们扪心自问究竟是否愿意降生到这个世界上的那一天起,幸福与不幸就都拉开了序幕。这盘录音带,他问,真的该修好吗?

蕾奥妮·帕尔姆举起打卷的录音带,一部分已复原了。你靠着我的肩吧。①

你看出来了?

莱特,我能感觉到。第六感觉。我甚至可以听见,轻轻的。下一首是 Lonely Boy,你想一起唱吗?他找着调,虽然只是在脑中,但那里面声音很响亮:我只是一个孤独的男孩,孤独而忧郁,我独自一人,无所事事,我拥有你能想到的一切,但我想要的,只是有人可以爱。录音带上还有哪些歌?他问。

都是好曲子。戴安娜、你是我的命运、疯狂的爱、再也别离开我。我只能慢慢卷,不然磁带又会从轴上滑下来。但只要你开得稳,到巴里的时候就能修好了。

莱特又超了辆巴士,之后就保持在这个速度上,有时并不容易;遇到弯道时,对面车道上的灯已晃眼,已是傍晚,但路不直。蕾奥妮——在他眼里,她突然又成了修录音带的蕾奥妮——把遮阳板放下,打开里面的小灯。她弓着背,专注地工作,他在脑海中想象着他们今后将一起度过的夜晚。他俩,各自坐在一个角落,分别做着点什么,她捧本书,他做点手工,或正相反:他觉得她会在灯下做事,而他翻着即将消失的报纸,渐渐地,两人都安静下来,沉默不语。这会来得很快,只要两人都有想法,对方的一个眼神、一个动作,甚至是一声叹息就

---

①　原文此处是英语。

能让自己扔下手里的事,让自己尽情沉醉。几分钟后,他们躺在那里,身体相互纠缠,最后,她的脸挨着他的脸——他想象着,也可以说这些画面浮现在他的脑海里,如一个破灭的梦的残余?他超过两辆货车,之后的一长段路上没什么车,他可以允许自己扭头看一眼,看一眼把薄薄的磁带卷进轴里的手,看一眼观察着自己动作的眼睛,看一眼那微张着的嘴,嘴唇的形状仿佛出自一位不懂得男女区别的画家之手。

他不时向身旁望,但仍遵照要求开得很稳。他们经过了泰尔莫利,经过了圣塞韦罗;从福贾的右侧开过,也途经了特拉尼以及它美丽的港湾。遇上直道时,他就只用双膝控制方向盘,最多假装一只手还在操控;另一只完全自由的手则搂住他身旁的肩,因没穿外衣肩已有点凉,于是便有理由去揉一揉它。不一会儿他又把手拿开,好让肩体会到对手的思念,虽然肩并不懂得思念;又过了一会儿,他才把手再次放在那依然陌生的肌肤上,这时磁带恰巧又从轴上掉下来,蕾奥妮不得不返工,于是揉肩的动作又多了一层安慰的意味。蕾奥妮重新开始卷,那盘过去的怀旧音乐,卷的速度比想象的要快。此时,车已沿着海岸线向巴里的方向行驶,越来越近。

莱特打开他那侧的车窗,指着眼前的黑暗说,看,海!可是帕尔姆没抬头,她的工作就快完成了,只剩下最后一小截,得穿过磁带盒下部细窄的轨道,那是扫描磁带的地方,精密的磁场区,之后两个轴就连接在一起,她只需转动其中一个,就可以将另一个轴上的磁带卷下一部分,直到磁带紧紧固定在轴上。现在祝我们走运吧,她说着咔嗒一声把两半磁带盒扣在了一起,然后她转动一个轴上的齿轮,另一个轴也随之转动。修好了,她打开车载收录机,用指尖把自己的作品推入卡槽,想按下播放键,但莱特握住她的手,看了看她腕上的表。

十一点之后饭馆里就什么都买不到了,他说,这时城里已漆黑一片。为了几个小时去住饭店不合算。我们现在做什么呢?

继续我们一整天都在做的事——接着往前开。我可以换你,随便找个地方停车吧。

现在不用,等会儿——莱特把一只手伸出窗外;海草和煤油的气味钻进车里。附近可能有个精炼厂,在工业设备的倒影里,几棵被压弯的棕榈树随风摇曳,暖风带着咸味,诱得人张开嘴迎接它——他张着嘴,他的副驾也同样,她还弯下腰,为了感受到更多的风,当前往巴里的出口出现时,她坚定地用手指着车行的方向。然后,她把头依偎在他的肩膀上,好像只是受到了重力的驱使。他从灯火通明的城市的边缘开过,这里的桥梁与工地、新修及已坍塌的厂房或纵横交错或平行排列,他那一侧渐渐地越来越暗,不久之后路边只能看见瓦砾堆和灌木丛,在它们的后方远远显出一些黯淡的光——纵然海在他眼里恰似深色的丝巾,但把海比喻成丝绸还是有点夸张了。她的头还靠着他的肩,很热,而且帕尔姆的头发扬起时会弄痒他的耳朵。有没有女人写过关于海的文章?她问,好像他们一直在讨论海与写作。是的,比如杜拉斯,海是人们看不见的事物。对于一个酗酒的女人而言,文风相当冷静。男人写海,一开始没有不含神话的,后来我直截了当地说:不要写从贝壳里走出来的阿芙洛狄忒,我们又不是在马戏团!他们就又都跌回了现实。女人比男人写得坦诚,不过经常写着写着就没了头绪。男人的作品思路比较清晰,但往往也只是思路清晰罢了。我说得太多了吗?你饿吗,累了吗,我还是找一家宾馆吧?

这四个问题他很久没问过了,更别说还一手抚弄着让他感到如此新鲜的面庞,一个如此新鲜、小巧、但完整的世界,如他第一次轻抚的胸。当时他惴惴不安,担心自己出丑。那是在火车上,当年他每个工作日都坐火车去弗莱堡上文理中学,之后再坐火车回家,途经维勒、李腾瓦勒尔和卡佩尔站,之后到基尔希察尔滕,那是最长的一段,约八九分钟。那是傍晚时分,在行驶中的列车的最后一节车厢里,他把手放在同班女孩阿斯特丽德·海因挨着心脏那一侧的胸上,那么柔软、温暖,如同蕾奥妮·帕尔姆的脸。火车之旅中更为神奇的是,另一只手赞同地按住了他的手。他的手在她的 Nicki 罩衫下揉捏,Nicki 是当年一种丝绒般柔软的弹力罩衫。如今,这个奇迹在五十年后重演,不过没有揉捏。我们在下一个出口下道吧,帕尔姆说,不管它开往哪里。后备箱里有一床毯子,在安全背心下面。我的狗用过,我没有扔掉。

他们于是有了一床毯子,这解决了不少问题——莱特这时换到右侧车道,为了不错过任何一个出口,不过这一带没有居民区,看不见灯光,也没有出口,他回想起这段路;高速路的两边这会儿满是苍老的橄榄树,不挺拔,树干已被压弯,好似一片在黑暗里萎缩的森林;假如真有树精,在这里可以找到,就在橄榄树里,白天也可以,它们躲在闪烁着阳光的小叶子中,数百万只,尽管没起风,但仍躁动不安。过了一会儿还是出现了一个出口指示牌,他踩下刹车,从衬衣口袋里掏出一张二十欧和一张十欧的纸币,他得赶紧取钱了。车在开向小型收费站时,他在心里盘算了一下账户上的余额。这个收费站只有一个收费口,灯光惨淡——可能还有四千,这是除了应急储备外的存款。他付了亚得里亚海整段路的费用,一个男人一言不发地找钱给他,拦道木抬起,他们开进穿越橄榄林的路。

莱特打开远光灯,一束明亮的银白色光立刻照亮了车前的路,甚至照进了橄榄林,树的枝丫弯曲如弓,好似树干上长着抽搐的手指。他发现从主路上岔出来一条道,比较宽,专门用于收割机,于是急忙减速拐进去。路不太结实,留下许多脚印,还散布着一些大水坑,他以步行速度行驶,敞着车窗;空气很暖,树下还保留着白天的温度,也能闻见潮湿树皮的刺鼻气味。他们开到一个十字路口,往前又来到一个接近圆形的林中空地;那儿摆着些被水泡了的纸箱,旁边横七竖八倒着些塑料瓶,还有一个已熄灭的火堆,熏黑的石块摆成一圈,中间是些黑色的木块,其中还有个半边烧焦了的东西像是抽屉。莱特把车开到火堆后面,他觉得那里的地硬实一点,然后熄了火。车顶怎么打开?他的手指在车载收录机旁的按钮间摸索,蕾奥妮·帕尔姆抓住他的手,用他的食指按动一个开关,顶篷立即发出刺耳的响声退到了车后,星辰满天,熠熠生辉。莱特,如果我们在这儿过夜,明天我就见不得人了。这里连洗脸的水都没有。

这里肯定有水,灌溉用的,因为这里的夏天会接连几星期没有雨。要我找一下吗?莱特下了车,循着微弱的流水声向矮小的树林走,走出不远,他就看见了一条用于灌溉的河道,上面有个地方被人用石块、破布和树枝临时堵上了,但小水坝的顶上破了个口,所以有水流的声响。这里可以洗漱,但和余下火堆的宿营地一样,许久没人用了。他走回车,这时确实是辆敞篷车了,他告诉她自己看见的情况。他们从后备箱取出毯子,拿出食物。莱特打开葡萄酒,可惜忘了买玻璃杯,于是只能就着酒瓶喝,酒好就行。他们分着面包、火腿、奶酪、腌洋蓟心,合盖一条保暖的毯子,身体间只隔着副仪表盘;两人一言不发,专注地吃着、喝着,仿佛接下来的几天都得靠这些食物生存。酒瓶快空的时候,莱特说,我们再抽支烟吧。

烟也快抽完了,一堆烟头中还剩下四盒。他拿起一盒,打开敲了敲,冒出两支,帕尔姆抽出一支。他给她点火,她握住他的手一起护着火苗,似乎也在用某种方式保护着他,虽然不能保护他的生命,但可以保护他们共度的这个夜晚。他们一起抽着烟,一只手在毯子上,一只手放在下面,也就是说,毯子下面有两只手。这床毯子的主人,那只狗叫什么?

我的狗,它叫比利。

那你的女儿呢?

起了一阵风,只是些许的工夫,却已掀动了无数叶片,连星辰也似乎在颤动。不说我的女儿了吧,她就叫她自己的名字,她爸爸起的,后来他就消失了,再也没负过任何责任。你的初恋叫什么?

太久远了,快一辈子了。阿斯特丽德。

像我们的阿斯特尔。她和船里的其他人一起在西西里岛登的陆。西西里岛离这儿还很远吧?

如果我们一整天不停地开,就能到。

她登陆的地方应该叫卡塔尼亚,在航行了十一天之后。

保加利亚女人说的——莱特把烟头扔进火堆,身子转向她,鼻子碰到了头发,嗅到了长途旅行的味道,人的味道,还有一点动物的味道,介于人与动物之间的活物的味道。蕾奥妮·帕尔姆轻轻把他推开。那个保加利亚女人,她喜欢你。

但她只看到了我的五分之一,头、脖子、手。你也并不了解更多,脖子以下的部分已燃起了希望。我们现在要不要试一下磁带?他从毯子下面抽出手,搂住蕾奥妮的肩;他去树林里的时候,她套上了毛衣。毛衣十分柔软,紧紧地包住她的肩头,领口不太紧,他可以轻松地把手伸进去。似乎是受到他这一举动的鼓励,帕尔姆弯腰打着了车,古老的收录机闪起了小灯,她的脸上有一丝亮光。这时她问,真的要冒险试一下吗?
而他只是轻轻哼了句是,她握住他毛毯外自由的手,两人同时
按下了播放键。

8

关于之后的一小时或这盘磁带播放了多久,他会说些什么呢?在播第一首歌的时候,他就和蕾奥妮·帕尔姆靠在了一起,他抱住她的头,而她也抱住他的头,一手抚摸他的脸;两人半躺着,头挨着头,遥望天空中不计其数的星星,仿佛它们与车里的一切在无声地呼应。那一小时本应是两人互诉衷肠的好机会,可以相互低声倾诉过去的痛苦与幸福,也是吻的序曲,可是他,莱特,尝试直接跳过这一阶段,而这时一只手挡住了他的嘴——再忍耐一下,我也是,只有超越了自我,两人的第一个吻才能成功,我还没做到。最后一首歌播完后,她在他耳边问,现在睡吗?他答了声晚安,就缩进了毯子的一角。这条毯子给狗用相当舒服了,他立即坠入了无人能及的领域,沉沉地睡去,再醒来时太阳已升到了橄榄树的上空。

但是他的一天并非伴随着阳光开始,而是遮住他眼睛的一只手。莱特,你睁眼之前我能先准备一下吗?这个请求似乎来自遥远的地方,他只是点了点头。帕尔姆说起一个在附近跑来跑去的男孩,她还用手机给他拍了张照。你设想一下,我曾经会拍,说着她把手从他的眼睛上移开。莱特没有立即睁眼,而是过了一会儿才向身旁看去,这时她已拿着包循着水声走去,座位上只留下那个小巧的银色设备。他抬起头,看见那个男孩正弯腰盯着熄灭的火堆,好像在寻找什么。男孩十岁上下,从外表看像是本地人。你叫什么名字?他用本地话问,可是男孩仿佛沉浸在自己的世界里,什么都没听见。他走下车,注视着仍潮湿的灰烬,其中烧焦的部分果真是抽屉,作为封面主题会是个不错的主意,只需在抽屉里放点什么,假装是遗忘在那里,例如一张写有几行字的纸,一条消息、一个呼救或一个灵感。

　　莱特走回车里,从杂物柜里取出本子和笔,还拿上了手机,打算记录下这一切。他把手机放在火堆边的石块上,然后从本子上撕下一页纸,写了几行字。在人超越自我之前,第一个吻不会成功,可是,人不总有点高估自己吗——每人都躲在自己的躯壳里,这是对生活的逃避!他把纸放入抽屉,想拍张照,但男孩拿走了手机;他拿着它跑来跑去,在敞篷车前自拍。莱特点了支烟,看着男孩,抽着烟。这时蕾奥妮·帕尔姆从水边回来了,头发湿漉漉的,已梳理整齐。她坐在敞开的车门前的脚踏板上,伸着腿晒太阳,裙子捋到了大腿上,而莱特跪在火堆前,打算在抽屉里的纸上再做点改动。他用拇指把写了字的纸按到抽屉烧焦的位置,喊男孩还回手机,喊了一次、两次,他才还,莱特给放了纸的抽屉拍照。他仔细看照片,照得不错,可是男孩却指给他看前一张照片,拍的是一个跪着的男人,嘴里叼着烟,弯着腰,伸直一只手臂在一个木头物体上安着点什么;背景里是两条女人的腿。莱特从地上跳起来,把身上剩下的所有硬币都给了男孩,男孩立即拿着钱跑开了,好像从没出现过。他怎么了?帕尔姆喊道,这时他已经删了那张照片。他没事,莱特说,我们离开这里吧。

他们一直敞篷开到了高速路。男人和女人坐在敞篷车里,男人开车,这样做能让人以最快的速度回归现实。他们在途经的第一个加油站吃早饭,坐在一张露天的小桌旁;他们坐在一起,相互照顾,他给她的咖啡里加糖,她把他的三明治里皱巴巴的菜叶拿掉。沐浴着阳光,填饱空空的胃,这顿早餐很美妙。两人几乎都没说话,直到用完餐抽烟的时候她才说,那就去西西里岛吧,他答道,好的,为什么不呢,然后他给她描述这一段路。先穿过田野一直开到塔兰托,然后沿着海岸线开,之后再穿过田野,地图都在他的脑子里。你上次去海边是在什么时候?他提这个问题的时候,他们已经上了车,蕾奥妮·帕尔姆把他的外衣披在肩上,开着窗。其实我还从没去过海边,她说,从没结伴去过。那你呢,莱特,上次去是什么时候?

去年夏天,而且也是独自一人。

那你上次看病是什么时候?

这与海有关系吗?

没有。我突然想到了。不过生活中经常会出现这样的突发念头,写书也依靠奇思妙想。你健康吗?

莱特重新开上高速,迅速换到快速道,超过两辆货车、一辆轿车和一辆阿尔法,似乎这样做可以把这个问题抛在脑后。什么叫健康,谁又是完全健康的?

你卖了自己的出版社,从城里搬进一个适合疗养的山谷——是因为心脏有问题吗?或是得了癌症?这个病刚开始一点都察觉不到,你感觉不错,但却得了癌症。它已经在某个地方繁殖,而你还在驶向海边,抽着烟,喝着酒。

我们两人都抽烟,我们一起喝葡萄酒。我们要不要开去最近的诊所?我是不是得做一下体检?查什么呢?肺癌,血管硬化还是肝功？我的心在跳，这就够了。现在几点了？

帕尔姆看了眼手机，手机仍开着，她把手机拿在手里，就像那些除了手机手里什么都不拿的女孩们。十点半。我必须问。

因为曾有人死去？四个人中的一个，对你比较重要的那个——本来健健康康的，突然收到了诊断书。

是的，她说，就是这样。往事不必再重演。我可以不用讽刺的语调，其实可以完全放弃讽刺。女人没有讽刺也能活，而有些男人因讽刺而振作。那个男孩为什么突然消失了？

我给了他钱，他就走了。

他该走吗？

他有点奇怪不是吗？莱特把手伸进迎面吹来的风里。奇怪，这个词没有意义，是他总划出来的那一类词。当然，这个词可以用，它不会引起太多人注意，但也不会推动剧情的进展——不，这个男孩不奇怪，他可怕，是个沉默的使者。他的手刚才还僵硬地伸展着，如一架正在起飞的飞机，现在放了下来，这没什么帮助，他得刹车了；高速路的尽头连着通向塔兰托的快速路，路的两边仍种着橄榄树，目光所及之处都是些被压弯了的树干，如同一片银雾般的波浪，在普利亚据说有三千万棵——有些数字是褒义的，是对世界某一部分的称颂，而他的，莱特的那一部分世界，只要想一下他还剩下的朋友数量，属于令人不安的那一类数字。不久前，在他离开城市之前，他又正视了这一数字。在一场六十岁生日会上，相识多年的人聚到一起。他数了一下，只有两位男性朋友和一位女性朋友，而庆生的女士就是那位女性朋友，他给她即兴致辞，其中对没有和她上过床表示了遗憾；他甚至提到遗憾，其实应当称为悲剧——就那样轻易地错过了他的幸运，否则又该怎么说呢？

他总认为自己长得像作家是个悲剧。二十岁时，他已有了这一光晕，而且屈从于它；当时他还在书店当学徒，他想象着自己缩在午夜咖啡馆最后面的角落里，嘴里叼着烟，一手杵着头，拿铅笔用细小的字体在笔记本上写着点什么。清晨时分，一篇完整的短篇小说就完成了，如卡夫卡在一夜之间写完了《判决》一样。每个词都恰如其分，每句话都通顺得体，而且所有的句子都以一种令人难以置信的力度揭示着世界的一部分，如同数学语言解释着宇宙事件。他做过几次尝试，在少数几页后又全都放弃了——唯一有效的，是那一道完整的横线，将他的写作梦最终抹黑的一道横线。

莱特把袖子捋到肘部，这样的温度已经穿不住衬衣了，他得换上刚买的 T 恤。我们马上停车，开向上坡路时他说，这时得换到低速挡；他手还握着操纵杆，看见女伴把后脑勺的头发高高举起，两唇间抿着皮筋，然后她又把头发在头的上方聚拢，用皮筋绑住，晃了晃头，头发的尾部，也就是它的马尾，随之来回晃动——上一次被这个词刺激到是在什么时候？几十年前了。在上坡前，他忍不住伸手去抓如丝般柔顺的马尾，连着抓了两次，越过山丘后，海就呈现在眼前。好的，我们随便找个地方停一下，帕尔姆说，然后换我开。这是什么海？

这是塔兰托海湾。

莱特去抓梳马尾的手，一只手扶方向盘就够了。他从右侧经过塔兰托，来到一条更宽的快速路上，已经离海不远，很快他们就沿着海岸线行驶，没有可以停车的地带；到处都是低矮的灌木林和鹅卵石滩，中间夹着一些厂房或停有起重机的小型环礁湖，有时也能看见一艘好似从天而降的废弃船骸。我们可以找个海滩，他说，或者我们找家饭店，但我觉得西西里岛的海滩更美，你说呢？

　　你觉得呢？这个问题听起来，仿佛是在问孩子哪个球更漂亮，红的还是蓝的？她只是握了握他的手，这就是她的意思，握得短促而坚定，和他过去的女性朋友听完他的六十岁生日致辞后握他的手一样。从卖盗版书的时代起他就认识她，在食堂门前她的摊位挨着他的，卖的只有女性写的和为女性写的书，从温柔的分娩、不温柔的思想，到没有男人的生活，或女性世界会是怎样，而他的折叠桌上摆的已经是拉美的最新书籍，但只卖十马克，而不是二十八马克。都是大男子主义的书，书摊邻居说，后来她真成了他的邻居，住在他家对面，嫁给了自己的化验员，成了两个孩子的母亲。她为知名报社写文章，应邀出席读书类节目，不仅因为她够聪明，也因为有姿色，她六十岁时比三十岁时还好看，精致的短发，深色眼睛，唇边带着点淡淡的欲望，声音里也有。他致辞时没有以一种平淡而愚蠢的方式告诉她，她还多么年轻，还和过去一样光彩照人，丝毫看不出已经六十岁了，不，他是以一种最直接明了的方式说，没有追求她是他人生中的憾事，尤其是在二十年前，他当时突然又孤身一人，有完全自由之身，而她也已搬到对面，但或许没那么自由。他当时有所顾忌而没能竭尽所能去追求她，是他人生中的憾事。他之后还说，每个月她都会出现在他的梦里，以各种不同的形象出现在他的夜生活中；在一次旅途中，在河心岛上的一家小酒店里，他是唯一的客人，他非常清楚地梦见自己与她共度良宵，他抱着她，也被她抱着，直到后来他体内的激情再次平复，仿佛在那一夜真的发生了什么似的。但其实没有发生，而且根据对人性的判断，也再不会发生，他最后说，这其中包含着男人与女人的友谊中悲伤的核心，即不满足之美。当她的丈夫还充满理解地鼓着掌时，她用简短的语言向他致谢，她的话是献给生活，而不是献给没能和她上床的他。她说,还能听到这些话很开心,因为七十岁时不会再有机会听见了。这就是让他最终明白自己必须离开的原因,不仅为了搬离城市,也为了远离那个圈子,告别沉迷于貌似圆满的生日聚会的那群人,而这些聚会实际上破碎、陈旧,不得不用自助餐、致辞和之后的唱片骑师来粉饰,他不愿与这一切再有任何瓜葛。

车行的方向出现一个带快餐店的加油站,在路边,比路高出一截,从远处即可望见。莱特拐进去,停在快餐店前。休息一下,他说着走下车,阳光惊人的温暖,她的同伴双手举向空中,仿佛在阳光下起舞,他们战胜了远方的严寒,他带着她走进酒吧,他们点了火腿吐司面包和咖啡,然后各自去洗漱。一切都有点习惯了,就如坐在室外吃饭,以及在继续行驶前抽支烟。她,帕尔姆,现在开着车,他一只手扶着车的顶篷。

刚开始还能看见海,那长弓形的蓝色海湾,经过收费站开上高速路后,就渐渐远离大海,驶入一片险峻的风景之中。那里几乎无人居住,山坡上长着些稀疏的灌木,山脊像被打磨过一样光秃秃的,偶尔会见到一座废弃多年的没修完的桥。莱特时而看着窗外,时而看一眼女司机。她开车的时候与前车保持很大的距离,只在前车速度明显太慢时才会超车;那时她会抿紧嘴唇猛然超过去。她的头向后靠,超车时也保持这个姿势,鼻梁到下巴的曲线仿佛为他而生——他找不到合适的语言来描述这张脸的美,只能说出其中或大或小的几个缺点,就像懂行的商人在观察钻石的时候,根本不是在寻找其中的美,他找寻的只是其中的缺点,缺点越少美的程度就越高。他也经常运用商人的眼光,在某个女人的脸庞上寻找着缺点,靠得越近,发现得越多。幸好在这份美丽中也还包含了两三个生命的馈赠,被他一下子发现了,于是他也不再继续寻找。蕾奥妮用拳头碰了碰他的肩,就像他们从魏萨山谷开始旅行的那天夜里。你在想什么?她问,直到他们即将开出这片连绵起伏的荒地,离开这片冷峻的风景时,他告诉了她。

可是,难道人不是不由自主地寻找美中不足吗?她把墨镜推到头顶,因为快要进隧道了。而且这么做只是因为担心,自己和这张新面孔能否和谐相处。人在接吻的时候会闭上眼睛,否则因为脸靠得太近,会清楚地看见它的纹路、毛孔以及暴露的青筋。

隧道里几乎没灯,顶上滴着水,水滴打在挡风玻璃上。莱特想对她说,人们在脸上找的不总是缺点,更不会在一张被视为馈赠的脸上找缺点。但谁会轻易说这些话,而且是在隧道里,在司机必须专注开车不能转头的时候。唯有他能转头看她的侧影,好像许多年前在他隔壁摊位上卖女性书籍的摊主的侧影。我们非常顺利,他说,这话十分苍白,完全不能描述他的感受,但说话的时机不错,车刚巧开出了隧道,阳光骤然从正前方照进车内;太阳还没落,不过已渐近黄昏。蕾奥妮又一次捶捶他,我们在哪儿?

这肯定是她第三次这么问了,可他依然只是指了指风景。在他们面前是宽阔的山坡,道路如同迷失在一片杂乱的黄绿色和浅红色的仙人掌之中,不久后他们又开进了另一条隧道,昏暗程度与上一条类似。他们沿着隧道向山上行驶,几分钟后,就在他们快要开出隧道时,从郁郁葱葱的龙舌兰缝隙间已能看到一点亮光,或许是海,紧接着他们又进入了下一个隧道,稍短一点,除了隧道是一片布满石块的荒地,树很少,偶尔能见到一座废弃的房子,没有门,没有屋顶支架;阳光再次从前方照进来,角度明显倾斜了,从一个小山口前的坡路斜射过来,黄昏将至,此时的道路如同被两旁的仙人掌和龙舌兰挤压着。越过山口的制高点,一下子就见到了海,虽然仍看不见海的全景,还只是一种设想,就像爱情,可以在不太了解的情况下尽情地谈论——为了弥补这一缺陷,他什么书没读过。女人们会用更委婉的方式来表达,她们甚至为此创造词汇,尤其是当宠物成为爱情戏剧的一部分而不得不拿来做比较的时候,例如,拥抱太舒服,她像小猫一样喵喵地哭起来,或者心旌荡漾,恍若怀中的小狗在晃动爪子。男人们则会用激烈的方式,他们会提出一个又一个的爱情论断,必要时再加上感叹号;他的眼前正好就有这样一位,眼光炙热,梦想着被喜欢,被渴望,而不需要为此说些什么,但他额前深邃的皱纹恰如梦破碎时留下的印记。蕾奥妮,我们今天在宾馆睡吗?

我们最好找一家民宿,包含床和早餐,是不是这么说?她提这个问题时带着点虚伪的谦虚,好像对此一无所知,同时拐入了左弯道;在他副驾驶的那一侧如一道城墙,只有岩石和灌木,到下一个弯道时视野突然开阔了——你看这里,他说,蕾奥妮用手捂住嘴,因为在她眼前显露出整个世界的一部分,墨西拿海峡,果真狭窄而湛蓝;海峡对岸就是圆形埃特纳火山所在的岛屿,仿佛伸手可及。

9

整个世界的一部分,这其中也包括了他的女司机。快到雷焦时她抽着烟,夹烟的手扶着方向盘,超车时就把烟叼在唇间,墨镜已摘下,她有点被烟眯了眼,但眼睛里仍闪耀着驾驶的喜悦,或已是对渡轮的期待,海,尽收眼底,仿佛在反驳海是人看不见的事物这句话——她清楚自己带给他的感觉吗?

他也这样问自己。此时,车正沿着城外的立交桥盘旋,桥下是一片无人之地,涓涓细流网罗密布。莱特从墨镜上方看过去。她好似一位家喻户晓的歌星或影星,年龄是三十或五十于她并不重要,至少这一点她感应到了,当他们等在收费站和第一个红灯前时,她凝视他的目光暴露了一切;她注视着他,仿佛在说,这时一切都还没定,咱俩还可以订两间房,并开始一场穿越西西里岛的旅行,白天游览,夜里休息,其间或许可以明白自己对于对方意味着什么,同路者或意中人,某一位或唯一的那位。就沿着带渡轮标识的路牌开,其实他不用说,因为她已这么做,烟早已抽完。她开进港口区域,经过一些小商店和路边摊,来到码头前的一个开阔的广场,两艘渡轮前已

停着一排排的车。引导员冲他们招手,示意他们排入其中一
条车队,车队快速前进,只在收款处稍作停留,女司机买了轮
渡票,一辆车加两个人,之后他们就顺着一个斜坡开进其中一
艘渡轮的停车舱,那儿有些来自北非的引导员,突尼斯人或摩
洛哥人,脸瘦长,身穿灰色工装裤;他们用类似划船的动作做
引导,停车舱里霓虹灯闪烁,车轮刺耳的摩擦声混杂着汽笛和
口哨声,这辆老敞篷车在甲板上的一个贴边位置停下。女司
机关闭发动机,车身抖动了一下——渡轮的马达已高速运转;
莱特下了车,脚下的钢板在震动。这时,蕾奥妮又已套上了他
的外衣,他用手揽住外衣的镶皮肩部。我们去看起航,他顶着
噪音喊道,来吧!

　　通往露天甲板的楼梯很陡,他俩手牵手走上去,这样的楼
梯对渡轮并不合适,但对他俩却正合适——结伴而行渐渐已
渗入了他们的点点滴滴;当两人倚靠着甲板上的船舷时,莱特
在心里暗暗想着一句话,两人站在同一条船上。他们站的位
置高出吃水线不少,起航时环绕渡轮起了一圈泡沫,随后,泡
沫逐渐汇入白色的浪花之中;抬头遥望,爱奥尼亚海的水面越
来越开阔,铺陈在晚霞中,几近平滑。卡塔尼亚,他说,我们要
在那里找一个住处。但是怎么找呢?

　　我们开进城,等到路窄得开不动时再停下。拥挤的地方
总能找到住处。

　　经验之谈吗?莱特背靠船舷,握住那双其实与自己毫无
关系的手,他第一次握住她的双手,还把蕾奥妮·帕尔姆往身
边拉了拉;风吹起她的头发,缠绕着他的发,这是他难以抗拒
的幸福。是的,她说,我做过很多次这样的旅行,一个城市变
窄的地方,就能找到住处。

　　快到海峡中央时,风大起来,风里夹着浪花,莱特松开那

双和他其实有点关系的手,关系比想象的大,当两人一同倚着船舷站在风里时,他用双臂搂住帕尔姆保护着她,但这也是电影里常见的海上场景,他的脑海里此时并非一片空白,而是浮现出一些类似的电影画面——真正的障碍存在于思想里,而不是躯体里。莱特,到卡塔尼亚还有多远?她在他怀里问,这个问题将他从对电影中海上场景的追忆中解脱出来,发现他俩还在风里站着。大约五十公里,还要开近一个小时,他答道,尽管他也只看过地图。蕾奥妮摸摸他的头发,他没料到她会这么做,觉得不应是现在,天黑后才会;她拨开他额上湿漉漉的头发,这时风又停了,船的四周又起了新的泡沫,船快要靠岸了。我们回车里吧,一会儿楼梯就挤了,他又恢复了理智,运动中的物体至少能让人保持清醒的头脑,于是他们向下面的停车舱走去,刚回到车旁,船身就已靠上码头,有明显的撞击感,大陆或是岛屿,仍在白天或已到傍晚——空间与时间在莱特的脑海中晃动,他这是在哪里,在哪一天,哪个季节,已经到夏天了吗?现在我继续开,他说,但当他坐上驾驶座且第一批车已驶出停车舱时,他却不得不凝神思考该如何发动汽车,如何排入车辆的长龙中。我们在等什么,开吧,帕尔姆的这句话将他唤醒,他挂上挡,开上斜坡来到一个开阔的广场,接着又经过一个缓坡上了马路,那里已出现了通向卡塔尼亚高速路的指示牌。

五十公里,预测得挺准,整段路上都能看见海,在他那一侧,海在太阳的余晖中黯然失色,而她那一侧见到的则是埃特纳火山的山麓。在整段路的中部,他们沿着一道陡峭宽阔的山坡行驶,路高高越出海平面,早在希腊人时期——莱特对这些情况十分了解,如同他知识体的一部分——人们就在这一突起部分建造了一个面向大海和火山的庄严场所,陶尔米纳和它的露天剧院。但他只字未提,那不是他们此行的目的地,他们的旅行纯粹是边开边看,一饱眼福;埃特纳火山的圆顶耸入云霄,仿佛脱离了山体,在云海里若隐若现。他只是用手指了指那个方向,说,看啊。

当另一人已沉浸在观看之中时,说话不用深思熟虑,也不必继续深入,但语言会产生吸引或排斥的效果——蕾奥妮·帕尔姆没张嘴,只是轻轻地简短回答是,这是她对眼前世界的肯定,也是对他,莱特的肯定;接着她点了两支烟,递给他一支。你对我的了解还不太多,她说,你知道我叫什么名字,有过一个遭遇不幸的女儿。我曾有一段短暂的婚姻,之后又有过几个男人,一条撞了车的狗,一家做不下去的帽子店。莱特,但早在写作前,我就学过戏剧服装设计,还自学了做帽子,这你就已经不知道了。在我们住到一起前,难道不应该了解对方的一些事吗?她用手指敲他的肩,在卡塔尼亚郊区她也曾这么做,他抓住她的手,另一手扶着方向盘,向城里开去。我们都会看到的,他的回答绕开了问题,也显得莫名其妙,因为这里说的内容与看根本无关,只涉及提问与倾听。不过进城路上就完全是看的事情了,车经过一些住宅楼,好似巨人堆放的石块,也经过一些储气罐和与楼同高的广告牌,是给婴儿食品、速食披萨以及尚未落成的购物中心做的广告;渐渐地,灰蒙蒙的楼房聚拢到一起,房与房之间是些纵横交错的街道,较宽的街道一头微向下倾斜,直达大海,但另一头则通向城内,通往它的心脏,或许也有其他的叫法。这些街道让我想起布宜诺斯艾利斯,他的副驾说,我和那个后来去世了的男人去过一次,他是当地人。

每经过一个十字路口,车流就增多一点,莱特换到中间车道,为了能抵达城市最中心的位置。你和阿根廷人之间的事是我应该了解的内容吗？我对你的帽子更感兴趣,他肯定戴过帽子,是一顶什么样的?

是阿什维尔东洋毡帽,但光听名字等于没说。那是夏天戴的一种绅士礼帽,沙土色,用马尼拉麻,一种麻蕉,编成的。帽子上大多系着两根棕色的细带子,前侧面有些凹陷。莱特,这种帽子不适合你。你需要的是皮帽或用结实的棉布做的牛仔帽,例如博尔萨利诺帽,石板灰色,不加丝带——《法国贩毒网》里吉恩·哈克曼扮演的纽约大汉戴的就是这种帽子,特别小巧。

波派尔,莱特说,我想,他在片中叫波派尔。那你自己的帽子是什么样子的?

那是我的灾星。你现在该转弯了。

波派尔的帽子会适合我?

黑色的猪皮宽檐帽可能也会适合你。所有帽檐不太宽的式样都行。

为什么不要帽檐?

因为看上去特别假。在这里转弯吧。

莱特拐进一条街,它很快变成了一条弯曲的小巷;他需要避开越来越多的人,小巷或许就是他们的客厅,男人们随意站着,聊着天,抽着烟,大多是些年轻的非洲人,也有几个年老的,无所事事的样子;时不时还会出现一个招牌,写着住宿和早餐。那么哪种帽子最不适合我呢?

帕尔姆这时已把半个脑袋探出了窗外,她回头瞅了他一眼,他差点碰上了一辆小推车。维也纳吉拉尔迪帽,她说,丁香白色,圆形,镶着黑红相间的丝带,纨绔子弟经常戴的。再从这里拐进去。

他拐入一条更窄的小路或小巷,巷子蜿蜒曲折,略向上倾斜,从一些不太高且墙面斑驳的楼房间穿过,越变越窄,最后仿佛成了剪刀剪出的一道裂缝,几乎停不下车;这就到了那个再也无法前进的地方。墙角的黑板上写有灯笼胡同几个字。莱特熄了车,头向后仰,闭上眼睛,仿佛接下来的事就与他无关了。那儿有人,帕尔姆说;但直到她推了他一把,他才眯起眼睛,看见一个穿白色 T 恤的扎辫子男人。男人站在离车只有两步远的一道门里,身后是一栋狭长的楼房,阳台全都被枯树枝环绕。男子用英语大声问,他们是否在找住处,接着还说——他在这里竟然有一套公寓,两间房,带浴室和阳台,位置绝佳,离鱼市和那里的饭馆都很近,有黑象喷泉的大教堂广场和卖早点的曼奇尼广场也在附近。抱歉,不含早餐,他喊道,但公寓不错,你们只需要说 si①。

听起来不错,简直无法抗拒,即便还有些疑问,例如多少钱、几张床、有没有卫生设施以及停车是否安全。正当莱特还在暗自考虑这些问题时,他的女伴已经答应了,声音听上去像是小鸟的叫声,sisi。扎辫子的男人消失了一会儿,回来时一手握着把黄色的方向盘锁,另一手拿着两把钥匙和一卷卫生纸。莱特下了车,行动开始了。房东锁好车,想帮忙提行李,可他们没行李,只有一个装有衣服和两瓶水的袋子。他做了个手势,意思大概是祝你好运,然后就走到前面,上了两级比渡轮上还陡的台阶,在一扇坚固的门前停下。门锁比较复杂,他一边详细解释一边打开锁带头走进去;帕尔姆听着他的介绍发出低声的感叹,因为她每向前走一步对公寓的喜爱就多一点,而他,莱特,只是一言不发地跟在后面。

起居室里的大沙发可以当床,还摆着两张藤椅和一张茶

① 意大利语:是。

桌,旁边是浴室,没有门,只用帘子隔开,帘子却是用镂空白布做的,扎辫子的房东在浴室里告诉他们,怎样耐心地等到热水以及冲马桶时要注意什么,整间厕所铺着旧瓷砖。接着他又领着他们穿过帘子来到后面的卧室,浅色的吊顶下放着一张木床。床和两个床头柜几乎塞满了整间房,剩下的空间只够放一个五斗橱,上面摆着个椭圆形镶银边的镜子,五斗橱边有个壁橱;紧贴着壁橱的一扇门开着,穿过门就来到了被枯枝笼罩着的玩具般的阳台。扎辫子的男人——在莱特看来,他是少数适合扎辫子的男人之一——还在演示如何锁阳台门,如何打开床头柜的灯,而蕾奥妮·帕尔姆已经检查起了床上用品。那价钱呢?他们这时才想起这个至关重要的问题。房东说六十,两人只要六十,莱特只是点点头;他还看到,蕾奥妮·帕尔姆接过钥匙,像奖品一样高高举起,并把房东送到门口。门还没关上,他已听见她大声说,我现在去浴室!这是两个还不习惯同住一套公寓的人会遇到的情况。他只能等着,走到微型阳台,走到与他前方和头顶上的树枝网一样袖珍的铁护栏前。

下面的细长窄巷沐浴在太阳的余晖中,车还停在原处,那个无法继续向前的角落里,好似被两边的楼外墙紧紧夹住,旁边刚好还能过一个人,但那里没人走,仿佛小巷不通往任何地方。突然有了点动静,离车尾几步远,有个女孩贴着楼的外墙走来走去,大约十一二岁,时而看看车尾,时而抬头望望阳台。女孩穿着件破旧的红色连衣裙,踩着人字拖,脖子上挂着个像是碎片或半扇贝壳的东西。莱特从树枝间伸出手挥了挥,并非想从阳台向下打招呼,更多是想表示,我看见你在看我。但女孩没有回应,消失在昏暗的小巷里,仿佛从没出现过。

我们现在去吃饭吗?身旁传来一个声音,而他之前根本没听见脚步声——蕾奥妮光脚站在阳台上,手里拎着鞋。她的头发还是湿的,已冲过澡换了衣服,穿着从购物中心买的那条完全不合身的牛仔裤。他问,咱俩怎么去,之前会路过立有黑象雕塑的大教堂广场,要参观一下吗?一个游览建议,帕尔姆一边伸出拳头表示赞同一边穿上鞋,他差点想帮她系鞋带,不过他还想冲个澡。

浴室怎么样?他跑进卧室,脱了鞋。浴室的地板还是湿的,行吗?她在他身后说,第一次有点歉意,而他只是摆了摆手就走进了浴室;瓷砖上积着一摊摊水,蕾奥妮留下的水迹如一面面小巧的水镜。他走到淋浴下,拿起她刚用过还留有泡沫的肥皂,用它洗头、洗腋下、洗脚——心情愉快也是一种幸运,有时成功有时也会失败,但此刻是成功的,他清洗着身体,为了某个纯洁无瑕的人。身子还没擦干,他就套上了新买的内衣和干净的衬衣;他也湿着头发和同屋一起离开了公寓——一对上了点年纪的情侣在抵达之日的傍晚开始了他们的城市之旅。

只有一条路,他们沿着小巷往下走,拐过第一个弯后就已看见熙熙攘攘的人流,蕾奥妮向非洲人打听大教堂广场怎么走。又拐过两三个街角,他们就来到了一个人山人海的广场;广场的对面耸立着灯光映照下的大教堂,昏暗而庄严的楼群以广场中央的喷泉为中心围成开阔的四方形,喷泉的装饰柱上果真立着一头雕有白象牙的小黑象,它仿佛被父母遗弃了或是一件被展出的战利品,莱特刚想问——这头小黑象是战利品还是某种象征?突然,那个穿着红色破裙子的女孩出现在他面前,一言不发地向他兜售那条挂着碎片的项链。

10

现在是四月二十二日,周三,傍晚的气温仍很温暖,适合在室外吃饭。他的身边是这个几乎还不了解,但已离不开的女人:几乎在点烟的一瞬间,他就弄明白了,今天是几号,星期几,室外的气温,二人同行以及与谁同行,但此时此刻,穿破连衣裙的女孩仍注视着他,她的眼睛细长,眉心有一些细纹,即便不满十三岁也有十二岁。她盯着他一个人看,仿佛他也独自一人站在喷泉边,是傍晚在卡塔尼亚大教堂广场上独行的一位游客。她的目光并不天真,带着点狡猾——这个词强行冒了出来,恰似这个女孩强行地出现,她摊开手来回晃,手心里放着她唯一可出售的东西,一条缀有碎片的项链,可能是块金属,涂有彩色图案,作为项链的挂坠棱角或许过于尖锐了,在黄昏中也无法看真切。我们给她点什么好?

莱特转身问,但他的女伴已转到喷泉的另一边,好像根本没注意到那个女孩;她望着喷泉中央柱子上的小黑象,而他把手伸进口袋找寻着硬币,女孩晃着挂坠,如一种无声的诱惑,她细长的眼睛盯着他的裤子,他找东西的手在那里鼓起一个包。他应该出多少钱？项链和挂坠都不值钱，不过是件感人的业余手工作品，既不漂亮，材料也不特别。小女孩，你留着吧，他说，尽管这个小女孩听不懂他的话，身材或其他方面都不孩子气，倒有点老奸巨猾，带点流浪者的姿态，也可能实际上比想象的大——但从没有过女儿的人又怎能弄清楚呢。莱特越过女孩深色的中分头发望出去；他在口袋里没有摸到硬币，只找到一张纸币，但这是哪张呢？他踩灭烟头，再次抬头的时候，看见了那个把他从四月寒冷的魏萨山谷带到了温暖的西西里岛的女人。他喊着她的名字，蕾奥妮，叫了一次、两次，但她都没听见，因为教堂的钟声敲响了，他的手紧紧攥住口袋里的那张纸币。

女孩手里依旧拿着她那一文不值的商品，如果没弄错，她的表情开始变得不耐烦；也可能是恐惧，担心自己的举止引起注意，害怕广场四周骑重型摩托车的卡宾枪骑兵会把她赶走，也担忧晚上会再也搞不到钱买东西填饱自己肚子。或许她家里还有些忍饥挨饿的兄弟姐妹在等着她送吃的，他们在进棚屋睡觉前至少得塞点面包或甜食来缓解饥饿，最后甚至会舔干净手指，还把拇指含在嘴里，谁知道呢。他把纸币抽出一点儿，看清楚是张二十欧，如果拿出来只会令他尴尬，孩子，可惜这太多了。但这个孩子其实已不是孩子，不知道来自哪里，黝黑的皮肤与摩洛哥、利比亚、阿尔巴尼亚或其他一些沿海国家很吻合。那里的人争先恐后登上船，祈祷船不要沉没，他们能抵达天堂般的彼岸。这个女孩也不是寻常的女孩，她处乱不惊，人们也根本不想了解她经历过什么。这时，她让他触摸挂坠，金属质地，可能是捡来的，边缘好似经过打磨。他再次寻找着硬币或面值小一点的纸币，最后那个女人终于走了过来。他始终难以相信，在仅仅两天前的傍晚蕾奥妮·帕尔姆按响了他的门铃,而他俩现在已住在同一套公寓里,而不只是交流着彼此曾任小企业家的命运。她的帽子店如今已不复存在,因为顾客的见识越来越少,他的出版社如今也已不复存在,它融化在平庸的余温里,如同最后一道冰川和它震慑一切之美。

刚才找你来着,他说,那个穿红裙的女孩突然走到这儿卖她的项链,我想给她点钱,但没有零钱,你有吗?他这时自己

⋯⋯硬币,她没有钱包;硬币

⋯⋯包里,纸币和银行卡装在带拉链的侧兜里。她只找到些几分的硬币,正数着,而女孩却早已大步走开。她像操练中的士兵,挥动两臂保持步伐,以免在广场上奔跑,被别人当成偷了东西的贼。一开始莱特还看见,她的身影出现在高大拱门的阴影里,不一会儿她就在喧闹的人群中消失了。他看了眼脚上的鞋,得换了,明天上午就换双轻便点的。我们现在找一家饭馆,他一边说着,一边缓缓地向拱门方向走去,拱门纵穿大教堂的侧楼,与楼差不多高,里面几乎没灯。女伴挽着他,问,那是一个怎样的女孩?他简单地描述了她的面庞、眼睛和目光,甚至还说,在提到女孩时,不能说她的眼睛,因为这种说法至少从语法上看有点问题——应该说 TA 的眼睛。① 但她不一样。其实他应该说,自己之前见过她,或被她见过:她看见他站在阳台上挥手,所以在喷泉前把他认了出来,以为他显然对自己很友好,可惜他却掏不出钱来。

要是我,会给她那张二十欧,蕾奥妮·帕尔姆说,这时他们已走到那座仿佛为上等人建造的拱门下。莱特做了个手势,过去的就让它过去吧,随即也加快了脚步,似乎这样做可

---

① 德语中女孩一词为中性,所以从语法上看,应该是 TA 的,而不是她的。汉语中没有指人的"中性"代词"TA"与德语中的"es"对应。

以让事情过去得更快。走出拱门后他们穿过马路，马路对面是铁路路基和地下通道，明显是为那些怕见光的人准备的。虽然这么说须谨慎，但这些人确实站在最阴暗的地方，聊着天、抽着烟，大多是些非洲人。他们的货摊却摆在比较明亮的地方，是些摆满小贝壳的平板车，其中一辆装着鱼市的尾货。据摊主说，鱼市开到中午。铁轨边的整条街都飘着鱼腥味，再往里走就闻见了食物的味道，炖的和煎的，甜面包和桶装葡萄酒，太多好东西的味道，可惜投来的书稿没能将它们一一展现，但它们确实存在着。上午这里曾是鱼市，石板路虽已冲刷过，但仍阴暗潮湿，浸润着鱼血。上面摆着些饭馆的桌子，每家饭馆的名字都很诱人。就这里吧，莱特说，他们选了一张铺着纸桌布、旁边摆着三把简单木椅的桌子，还没坐定，香喷喷的面包就端了上来，开瓶葡萄酒也只需做个手势。

他俩面对面坐着，手与手之间只隔着面包和酒壶——这个句子在莱特耳边响起，他仿佛真的听见了。他俩面对面坐着，手与手之间只隔着面包和酒壶，他想拿起酒壶斟酒，把语言化为行动，但蕾奥妮·帕尔姆比他动作还快。她倒了满满两杯，先给他，再给自己，也说了祝酒辞，庆祝他们此时已不在魏萨山谷，而是坐在这里。然后她与他碰杯，浅色、近似透明的葡萄酒溅了一点到桌上——一个美妙的、令人难以忘怀的时刻。莱特把酒杯举到唇边，简直有点喜出望外，他努力回想，自己上一次两人共进晚餐在什么时候，那短暂的永恒；品酒时，透过葡萄酒他又一次见到了那件破旧的红连衣裙越走越近，随即他也见到了那个金属挂坠，晃动着，因为女孩已走到桌前弯下了腰。这就是她，他低声说，酒杯还在嘴边。这时女孩已摘下项链，一言不发地递给了可能的买家，蕾奥妮打量着这个带图案的挂坠。来，给她二十欧，这条项链我买了。

这个不值钱,而且天晓得这些钱会去哪里。我们为什么不给她买点吃的呢?莱特从口袋里掏出烟,抽出一支,点上,把烟盒和打火机放到桌上,而蕾奥妮·帕尔姆用手指抚摸着项链。这时走来一个男人,戴着耳机,穿着围裙,看模样像是店主,他对女孩做了个手势,走开、滚开,甚至咬牙切齿地对女孩说了两三个词,莱特不禁提高嗓音说,她是和我们一起的①!声音虽不大,但猛然从他嘴里冒出来,相当尖锐,店主马上用他那恐怖的手势表示阻止,并转身走向别桌的客人,而那个女孩仍手拿项链一动不动地站在那里,连呼吸都仿佛停止了。邻桌的客人望过来,似乎充满着期待,仿佛大说的言语也会引来相应的行动,莱特的手又一次在口袋里攥紧了那张纸币——她是和我们一起的,用母语他不会这么说。我们买下项链吗?他想掏出口袋里的纸币,结束整件事,重新回〖到〗蕾奥妮·帕尔姆共度的夜晚——在行驶两天之后,如今坐在一个理想的饭店里,这简直是个奇迹——,但他的〖手〗请女孩坐到桌边的第三把椅子上。她用纤细的手〖指敲了敲桌〗子,就像鼓励猫儿跳到沙发上一样,而他伸手去〖……他不〗想参与,也不问接下来该怎么办,蕾奥妮,请问你〖说什么〗?这是什么意思?或者干脆用上他父亲最喜欢的那〖句拉丁〗谚语 principiis obsta②。

防微杜渐,其实他自己也不够谨慎,不然就不会从阳台向下挥手,事情往往都是从这样的手势开始,然后突然间人就会使出全力,说出类似 she belongs to us 这样的话。过了一会儿,也就心跳五六下的时间,假如一颗心还能像那个十三四岁

---

① 原文此处用的是英语 She belongs to us。
② 拉丁语:防微杜渐。

的女孩一样历尽磨难仍能平静地跳动。女孩坐到空椅子上，他踩灭烟头，双手捧着菜单逐字地读，为了让眼睛有点事做。这是一张海鲜菜单，凡是能从海里打捞上来的食物应有尽有，你只需要知道自己想要什么或听从建议就行，这时店主又过来点餐了，他对待女孩的态度这时近乎和蔼可亲，莱特指着邻桌点的一盘沙丁鱼，问女孩要不要来点沙丁鱼和一杯可乐，他没得到回答。女孩盯着那条项链，注视着金属挂坠，两手放在桌沿下，好像不该放在桌上似的，他点了可乐和小份煎沙丁鱼；煎的食物一般不会错，这是有孩子的人的经验之谈。那咱俩，他说，点当日推荐的鱼吗？他用了一个第三格①的短语，事情又重新恢复了平静，仿佛只有他俩坐在桌边，靠在椅子上，远远地望着那个女孩如何向众人兜售项链。当日推荐的鱼肯定无可挑剔，店主对着耳机小声念了菜名，语言仍很粗鲁，都是莱特从没听过的，但女孩却似乎听懂了些什么，她突然伸长脖子向铁道前的马路望去，好像那里潜伏着危险。

你叫什么名字？Your name？蕾奥妮用手指碰了碰自己胸前，说出自己的名字，然后指着他，也说了他的名字，莱特，可女孩连眼皮都没抬一下，盯着桌子，盯着烟和打火机，接着又再次伸长脖子向远处望，垂下的赤裸的两臂里有一种运动员起跑前的紧张感。现在该怎么办？莱特说，我们可以请她吃饭，但得她乐意，她什么都不说，谁知道她想要什么，她当然是要钱，不然呢，我现在该给她钱吗，用二十欧买这条项链吗？他又一次去掏纸币，但蕾奥妮对他做了个手势：不是现在，再等等，好像她已计划好接下来的事情，已知道他们三人该如何共度这个夜晚。服务生送来三个碟子，正合适；他用布擦拭每

---

① "点当日推荐的鱼吗？"这句话的原文中使用了德语语法中的第三格。

一个碟子,并抬眼望了望正站在自己饭店门牌下的店主,他显然在打电话,女孩这时也朝那个方向望去,只瞥了一眼,就立即从桌上抓起项链挂在脖子上,手臂上举时露出了腋窝和里面深色的腋毛。你猜对了,莱特说,她根本不想卖这条项链。我觉得,她也不想吃东西,她只要钱。

那她为什么要坐在这里? 和两个议论她的人一起,她为什么要忍受这些? 因为她想坐在这里,而不是四处行乞。

莱特去够香烟,不是想马上抽,只是不知道该如何回答,于是想拿点东西在手里。他从盒里抽出一支,放到打火机边,仿佛是个小小的警告:别再问了,不然我抽烟了。接着他掰下一块面包放到女孩的碟子上,好似她真的是个孩子,害羞、沉默、木讷。或许她只是不说话,而不是不会说话,因为她不能指望有人能听懂自己说的语言。遇到这种情况,人要么沉默不语,要么以书写的方式来说,但那也只是沉默的另一种方式而已——几年前的一天,出版社里来了位年轻女士,她手里拿着一张纸,一言不发地穿过两间屋子以及隔壁的小书店,把纸递给他,纸上只写了一句话:对于所有名副其实的写作,写作者都是在偿债,谁若在此过程中有所收获,也总有些令人可悲! 他站着读完这句话,等他再次抬起头的时候,年轻女人已经走了,他再也没听到过她的下落,也无法说出她的长相,只有她的这句话保留了下来。

可乐送上来了,一个易拉罐,还封着口。他把手指伸到金属环下,拉开,不过封口还是挂在了开口处,好像一个金属小舌头,他把它按进罐内,直到手指伸不进去,动作并不娴熟,但他可以给女孩倒上一杯冒气泡的可乐,他把杯子推向她,说,这给你,喝吧,她喝了一口,但没有抬起眼睛。你的手指,蕾奥妮说,流血了。

开易拉罐弄的,它锋利的边把他手指的第一个关节割破了,但他丝毫没有察觉。切口很平滑,像刀划的;莱特用纸巾包上,给自己添了点葡萄酒,喝了一口,又拿起烟。只是被罐子割了个口子,他说,想点烟,但又拿起烟盒隔着桌子递过去,你也要吗?问的时候好像他俩还和之前一样单独坐着,好像他们已讨论过,什么会对完美夜晚造成最大的冲击。蕾奥妮只是摆了摆手,她不想抽,可女孩要。她第一次改变了僵硬的姿态,扭头看烟盒,莱特摇出一支烟——她肯定已经习惯抽烟了,那为什么不呢?或许当她手里拿着烟时,会终于开口说话,说自己叫什么名字,从哪里来。他想像平时那样把烟盒递给她并说,请吧,自己拿,但帕尔姆把手挡在了中间。不,莱特,不!她示意女孩不能抽烟,更不能在公共场合抽烟,也不能在这张桌边,和我一起不行,和我们一起不行——她几乎是打着手势进行了一场简短的说教,他把烟装回盒子里。她想要钱,她想抽烟,我们为什么不给她想要的东西呢?他抬起受伤手指上包着的纸巾,伤口还在流血,这时女孩竟然抬起眼睛凑近一点,它可能想看看伤口,而莱特有点不知所措,如果完全取下纸巾让她看,会显得很可笑,仿佛在说,看,为了让你喝上可乐我付出了多大的代价。不过他也可以表示,流这一点血就包着纸巾其实只是个玩笑,但她未必能理解这种玩笑,因为在她自己的国家里,血就是血,为别人流血也有其真实的含义——当他脑子里冒出这一系列念头时,点的餐被送了上来,一盘煎沙丁鱼和每人一条烤鱼。

莱特向前探着身子说,好好享用吧——这原本是他难以忍受的那一类句子,如果放在他面前,不读也会刺眼,如同一幅廉价的画,但此时这句话却竟然得到了回应,你也一样,还带着点赞美的意味。他开始处理面前的鱼,从鱼的背部纵切,把一面白晃晃的鱼肉拨到一边,然后剔出鱼骨,连同鱼头和鱼尾都放到指定的碟子上。但他不着急品尝,而且为了放慢速度,先喝了一口葡萄酒,恍惚之间,他仿佛看见自己与妻子和女儿坐在一起,唇边是美酒,面前是如此的美味佳肴,这样的傍晚,这样的夜,于他是一种受之有愧的美妙生活。

吃吧,姑娘,你等什么呢?蕾奥妮·帕尔姆把堆在一起的小沙丁鱼拨拨开,让它们在碟子上看起来更美味。你要加柠檬汁吗?她边问边拿起碟子沿上的半个柠檬,还没等到肯定的回答就挤出了柠檬汁。女孩终于开始吃了,没用叉子,用手拿,对于这样的油煎小食品没什么不得体的。店主再次走到桌前,送来三份沙拉,漫不经心地放下,因为他的眼睛仍望着马路,盯着那里停着的一辆警车,车里有两名穿黑色制服的警察。警察下了车,莱特觉察到店主向他们点了点头;一切都发生在几秒钟之内。他还没吃上鱼,女孩已立即抓起烟、打火机和一把沙丁鱼从椅子上跳起来,她在饭桌间迂回穿行,狂奔出了饭店,这时警察也开始奔跑,店主嚷嚷了句什么,于是所有客人都朝跑走的女孩望去,它逃进一个摆着空货摊的隧道,之后又跑入街对面的一条窄巷,几米之后已消失在黑暗之中。警察追不上,他们气喘吁吁地跑回店主身边,他对他们说了点什么,其中一名警察向莱特转过身,用结结巴巴的英语解释说,这样的女孩都是小偷,全都是,最好离她们远远的,Better stay away,这是给他俩的忠告,那个随意从阳台向下挥手的他和那个陪伴着他的她。她这时正忙着弄自己的鱼,不过怎么都无法把鱼肉从鱼骨上剔下来。蕾奥妮在颤抖。

他有多久没见过成年女人颤抖的手了。女人不年轻,也不老,并不虚弱,也不是饱受戒瘾折磨或陷入了恐慌。不,这个女人和他围桌而坐,在温暖的晚风中享用晚餐,背景恍若一幅梦寐以求的电影画面。但这双剔鱼肉的手在颤抖,好似它们得先杀死这条鱼而且不得不这么做似的。这并不是他的想法,更多是他的一种感觉,他探过身子握住那只拿刀的手,握紧,直到手渐渐平静下来。别让鱼凉了,他边说边给她添了点葡萄酒。

美食与美酒,一段时间里桌边除此之外没再发生其他事;莱特取下裹住手指的纸巾,小切口已结痂。他时不时看一眼,好似可以观察到痊愈的过程。用完餐后,蕾奥妮还给他吹了吹伤口。这个店主该挨耳光,她的话音刚落,就猛然传来了哨音和刺耳的乐曲声,仿佛是在宣告这一打耳光的惩罚。一个三人乐队从女孩刚刚逃走的隧道里走出来,他们一人拿着钹,一人捧着手风琴,第三位是穿民族服装的小伙子,他两手举着一支小笛子或口哨;口哨吹出的舞步与明快、动人的乐曲相映成趣。这三人排成一溜,小伙子领头,成一列纵队从饭桌间穿过,演奏的乐曲人们仿佛只在儿时听过,如同从远古时期飘来的童话,其中会骤然闪现明亮而锐利的碎片。

莱特对店主做了个付钱的手势,我们走吧,我累了,他说,尽管他此时的疲惫更多只体现在我、累、了这三个平淡的词语上,而实际上他正处于一种催人困倦且令人痛苦的清醒状态之中,他仿佛被音乐警醒,被音乐里闪现的那些碎片。他从衬衣里掏出银行卡——明天得取钱了,最晚明天,明天不仅得买鞋子,也得买一条裤子;明天他还得弄清楚,后天做什么,接下来怎么办,这是一开始就已犯下的错误;早在阿亨湖边就已经没有回头路了。店主拿来账单。不给一分钱小费,不打他耳光就不错了,蕾奥妮·帕尔姆的这句话击碎了音乐的漩涡,莱特做了离开前必须做的事,这时三人乐队仍在鱼贯前行,拿笛子的那位是个好色之徒。

11

莱特脚下的地面仿佛在晃动,他挽着蕾奥妮的胳膊沿饭店所在的小巷向上走,跨过湿漉漉、滑溜溜的果蔬及肉类残渣,绕过泛红光的水坑,地上仍残留着市场清洗之后的潮湿;挽着,这意味着他把一只手放在她的胳膊下——他俩又变回了正做着城市之旅的情侣,是天黑后不用导游也可以外出的勇敢一族。途中经过一些货摊,微弱的灯光照着摊子上的尾货,有青椒、西红柿、家禽内脏,也有一些无人问津的沾满鱼鳞的死鱼;远处的墙角里有些人围着一个旧木堆在打牌,木头上沾满贝壳,屋顶横梁上隐约有一只动物在缓缓爬行,定睛一看是只小猫。它根本站不稳,不停地摔倒,其实不是摸索着前行,而是在贝壳碎片上爬行,最后,它还是跌落在木堆上,悄无声息,瘦小虚弱的身体里仿佛隐藏着一种死亡的质朴。远方仍传来三人乐队的乐曲,跌宕起伏的笛声尤为明显——可以想见,一溜乞讨的孩子在追着三人跑。

我们在哪里?蕾奥妮·帕尔姆并非关心路,她关注的其实只是自己的脚,想知道穿着暴露凉鞋的脚踩到了哪里。又走了一会儿,他们来到了马志尼广场,广场四周是一些浅红色的老房子,三层楼高,房前的柱子上架着些遮阳篷。广场十分朴素,遮阳篷下摆放着饭馆的餐桌,广场中央的十字路口有一个灌木丛生的安全岛,一些穿运动衣的男人正站在上面抽烟。据说这里可以买到早餐,莱特说。我们回那条弯弯曲曲、越变越窄的小巷吗?还是做点别的?他这么问其实是想做软弱的尝试,为了拖延回公寓的时间,为了暂时还不用决定谁睡哪里,即便到最后他是睡沙发。他的同屋伸了伸懒腰,好似在向往着床,她微笑着打哈欠,已为入睡做好了准备,于是莱特只能推着她的背,把她带回灯笼胡同。一路上又经过一些还没打烊的小型及微型商店,门上写有阿拉伯文字,也经过了人行道上堆着的黑色垃圾袋,它们仿佛是从房屋缝隙间冒了出来。房屋的间距刚好能让人钻进去,回到自己夜晚的住处。路越窄,旁边站的人就越少,偶尔会听见两个穿长袍男人的低语。沿着曲折的街道一直走,就回到了那个细小的巷子,里面停着他们的车——细小,他对这个词有点抵触,不过它放在这里是合适的,他正要说我们细小的巷子到了,却发现,在那栋阳台被树枝缠绕的楼门口,有破连衣裙的影子和一双踩着人字拖的脚,还有香烟发出的微弱火光,好似抓在一只空心的手里。他一手揽住蕾奥妮的肩,几乎是紧紧抓着,还试图干预整件事的发展,但为时已晚。他刚想把她,帕尔姆,飞快带进门里,就听见她说,那个女孩又来了,站在那里吸烟。好像在等我们。

她,莱特说,她在等我们。

她怎么会知道我们住在哪里?蕾奥妮小声问,有点惶恐,如常见的剧情,这人怎会知道我的名字和住处,告诉我吧,好让我安心。早已停下脚步的莱特用胳膊把蕾奥妮再抱紧一点。她知道,因为她之前来过这儿。我从阳台上看见了她。

她也看见了我。

那你为什么现在才告诉我？

刚才去吃饭的时候我以为这不重要。她后来走了，消失了。

但她之后又出现在饭店里，你那时可以说，我之前就见过她，她也见过我，所以她现在又出现在这里。你为什么没说？

你为什么要问？

因为咱俩今晚要住在同一间公寓里。还是我们分开住？她又一次小声问，同时用手拨开额前的碎发，似乎要向他展示自己的额头。他不禁想伸手去摸，手刚抬起，就被蕾奥妮按下了，不是现在，而且你不要被我的头发迷惑，这只是我身体的一部分，与我本人没有丝毫关系，我也不会把你的头发看成鬃毛，对吗？她的牙紧咬嘴唇，莱特看着房门，看着那条红连衣裙和那双眼睛。她看着我们，他说，我们怎么办？

我们让她睡沙发，就这么做。

两个男人经过这里，勾肩搭背，都戴着白帽子，穿着灰僧衣，女孩突然不见了。她还是个半大的孩子，我们要做违法的事吗？莱特把手伸进口袋，找香烟，找打火机，但两样东西都被女孩拿走了。违什么法？帕尔姆瞄了他一眼，压低声音说，如果我们让她睡在马路上，那才违法。

她会有住处。

那她就不会在这里等我们了。

给她钱她就会走。还是你想从她那里得到什么，是什么？莱特退后一步，仰望着夜空，并在心里默念，上帝啊，够了。夜空里看不见星星，漆黑一片，只有一架飞机的夜航灯在闪烁，万籁俱寂，这架飞机仿佛告别了一切，驶向了黑夜，而他却站在这里，没有翅膀，站在地面上。他再次向门口看去。女孩向前走了一步,手里拿着他的烟和打火机。蕾奥妮·帕尔姆冲她点头示意,嘿,到我们这儿来。我不想要女孩的任何东西,她说,我想要你做点什么,帮助她。

帮助她?这不是你的女儿,更不是我的,我就没有过女儿!他的声音十分响亮,几乎带着怒气,似乎在防备别人的指责,说他也曾有过女儿,只可惜没来到世上。而她的女儿是因为无法面对这个世界,她却又是因为无法面对这个事实——蕾奥妮,失去了孩子的人,是被老天抛弃的人!他差一点还想对她这么说,但最后他俯下身,在她耳边轻轻说了一些截然不同的内容,警察在抓她,我们都看见了。我们现在给她钱,给她我们身上所有的现金,她会高高兴兴地离开。我们没法帮她更多。

又有两个男人走过,也都穿着长袍,两人嘀嘀咕咕,搂搂抱抱,一幅晚间散步的祥和画面,不过这些男人也可能正低声密谋着什么,拉皮条、抢劫、谋杀,天知道,只能祈祷,祈祷外表具有欺骗性。蕾奥妮把前额贴着他的下巴,她比他矮一点,但实际上绝不矮——肯定实足一米七;假如世间万物皆能简化为数字,而且只要使用正确的数字就能解决所有的问题,那世界该多么简单。是的,也许吧,她说,也许给她钱她就会走,你要这么做吗?她看着她,其实是在期待一个吻,那个如此困难、难以预见的第一个吻,他挽住她的胳膊,或是倚靠着她的胳膊,说,我不知道自己是不是想这样,也许吧,不然我们还能做什么呢?

我们可以给她一张床,甚至一个自己的房间。一间厕所,一个淋浴,干净的毛巾,清晨的一份早餐,还有合适的鞋。

莱特看看女孩,女孩又走近了一点,站在那里,眼睛低垂,沉默地坚持着或等待着一个关于她的判决。别人为什么要抓

她？因为她是小偷。如果让她睡在我们屋里,她会趁我们睡
着的时候拿走所有东西。

我们哪有什么东西？除了我们自己。告诉我一个赶走她
的好理由,那我就给她钱让她走。一个理由,莱特,一个就够。

假如她在我们这里过夜,事情可能会没有退路。我们本
想去阿亨湖并在那里守候日出,结果我们现在却来到了西西
里岛。

是我们开错路了吗？女伴用额头碰了碰他的下巴。不是
的,是我们自己决定开到这里的。

你高估了自己的能力,莱特说,他一手捂住嘴,不想再说
什么,而只是看着事情会如何继续,等待事情的发展,好似这
一切都与他不再有任何瓜葛。没过多久,也就心跳不到十下
的时间,事情就已经发生了,仿佛一切顺理成章,突然安静了
下来,两人都不再说话。女孩走向这对驾车旅行的情侣,不然
她该怎么想呢;她递给那个男人香烟,递给那个女人打火机,
在她眼里这样的分配肯定是公平的,又或许是一种和解的姿
态。莱特打开房门,事情开始了,他的身体也能感觉到,他的
手,他的脊柱。蕾奥妮·帕尔姆用双手在脸颊上比了个手势,
通常是睡个好觉的意思,尽管只适用于有床和枕头的地方。
但女孩明白了,也同样做了个手势,甚至是世界上最通行的手
势之一,她在嘴的两边轻轻做了个微笑的手势,然后低头盯着
自己的脚,莱特像门卫一样把路让开。

他会永远铭记这个时刻——他感到手臂和受伤手指的皮
肤都在抽紧——这个邀请无法再收回,来,和我们在一起,我
们接纳你,做我们的孩子吧,我们的女儿;当他跟着帕尔姆和
女孩走上楼梯并考虑如何打开门锁时,抽紧的感觉还在加剧。
他第一个走进公寓,直接走到阳台上,皮肤这才重新松弛下

来。他在阳台上抽烟，烟有助于恢复内心平静——这个词已声名狼藉。他考虑该如何安排现状，安排洗漱、睡觉和亲密行为，但等他抽完烟回到起居室时，一切都已安排就绪。轻一点，别开灯，蕾奥妮从浴室发来指示，于是他脱下鞋摸黑走，观察着事情已发生的进展——女孩穿着破连衣裙躺在沙发上，脸对着墙；地板上放着她的人字拖，一步之外是那双蜻蜓般的凉鞋。他走进另一个房间，从床尾拿了条毛毯，给女孩盖上。她已经睡着了。

孩子睡了，家长就只会轻声说最少的话，因为房子小，两间屋互相通着，中间只用帘子隔开；两人踮脚走路，浴室里的水龙头不会开很大，冲厕所也很短促，上床时也不开灯，坐着脱衣服，每人挨着自己那侧的床沿。即便躺下时，也避免床发出的嘎吱声传到隔壁，如果吵醒了孩子，它可能会蹒跚着跑到爸妈的床边——所有这些都还好安排，这还只关系到此刻，关系到外部秩序，不过事情不会停留在这一刻，若两人找寻到彼此，情况会瞬间改变，不然他的内心为何又不再平静了？这一变化莱特也真正感觉到了，他的手臂以及手指上那可笑的伤口都在抽紧。

蕾奥妮·帕尔姆和他，两人仰面躺着，手都枕在脑后，并不舒服，只是为了以这一姿势静静地躺着，不发出声响，连呼吸都很小心，最多发出轻微的鼻音——莱特能听见自己发出的声音，他仰望天花板，远处的街灯透过阳台四周的树枝照射进来，天花板上倒映着黄色的光晕。远方也再次传来乐队的声音，那具有诱惑力的口哨声竟然夹杂在咸咸的雾气中，从海边一直穿过敞开的阳台门飞入房间里，或者那只是带咸味的淋浴水让他产生的幻觉？我们还不知道她的名字，他低声说，我们对她一无所知。

那我们就给她起个名字,她要么接受这个名字,要么告诉我们她叫什么名字,你同意吗?她边问边扭头看了他一眼,眼睛里闪动着点什么——若说是光芒,有点过了——,他忍不住把一只手从颈后抽出来,好让自己也扭头看着她,她的嘴微微张着,似乎还想说点什么。他把一个手指放在她两唇之间,意思本应是,最好明天再说,现在睡觉,一个代表理性的手指,可蕾奥妮·帕尔姆先是亲吻了它,然后轻柔地把它抬起并推开;即便她只是将他的手指轻柔地抬起并推开,他也会一下子魂不守舍——若在过去,他会在这样的表述后打上三个问号,与难以置信、美妙至极或恩赐这类词一样。但此时此刻,他什么都不再说,抱住女伴吻她——同时也超越了自我——,而她,蕾奥妮·帕尔姆也回吻着她,这令人难以置信,美妙至极,也是一种恩赐,让勉强能喘上气的他还能体会到的恩赐。吻仍在持续,它因循自己的时间,与其他的时间没有关系。时间这个词其实用错了;它是与尘世间一切事物唯一的调和方式,直至它之后侵入那个吻并询问,由谁在什么时候以何种方式来结束。他早已知道这类问题没有标准答案,对于这样的钟点以及这样的夜晚根本就不存在规则,即便不会持续整个夜晚,甚至不是完整的小时;直到后来,在回忆的时候,他才领悟到这一点。而到那时——他之前就已预见到——是生命中的这些夜晚能让一个人在最后更容易接受生命的终结。

拿开这个,脱掉这个,蕾奥妮说,她指的是他在阿菲买的两件衣服,深蓝色,不太合身,也不适合在床上穿。他还脱着衣服,她已念出他的名字,全名,如同在公务行动前对一个人基本信息的确认,他也念了她的名字,在这样的时刻并非迫不得已,接下来他就不知道会发生什么了。他只了解通常的步骤,就像了解入选书的出版步骤;但倘若书稿出类拔萃,能成为经典之作，就不会依照常规，而可以跨越式前进。在他做出版的那些年里，这种情况极少出现，至多有过四五回。他站着还没读完一页，就已在一瞬间决定，自己手里捧着的稿件应该变成一本书，这其实类似于爱情决定，认同是因为喜欢，因为文中的几句话让他陶醉，足以为他打开一扇通往另一世界的门，让他敢于飞身跃入。现在来吧，莱特，到我这来，蕾奥妮说，她有最终的决定权。他能做的只有喘息，保持生命力，因幸福而清醒，甚至被幸福警醒，因为这一幸福——并非永恒的幸福，而是一时的走运，他一再混淆了两者——随时可能因一些微不足道的原因而幻灭，如不适宜的气味、细微的笨拙以及靠得越近就越显陌生的面庞。不过，他已无力阻止这一相互的靠近，正如她也甘愿为此倾尽全力。事情已不可阻挡，他们尽可能保持安静；唯有蕾奥妮的头发重重落在床上时发出的沙沙声以及他撞击着她的柔软礁石时发出的响声。他们睡在一起——他会这样描述这一情形，这一表述突然出现，恰如这个女人突然躺在了他怀里，不过人们不能这么说，不能简单地说他们睡在一起，最多可以说，他们这样做了，现在结束了，如同真正的睡眠也会在某个时间点结束一样，直到那时才可以说：我睡过了。或者说：我和一个女人睡过了。之后能想见的甚至是一些细节，尽管他不知道该如何叙述以及是否应当叙述。莱特躺着，醒着，和他睡过的女人躺在他怀里。人们如何叙述这一种仍犹豫不决、忐忑不安的性爱，这初次的性爱？只有一次，也是唯一的一次，他在一位女士寄来的文稿里读到对初次性爱的真实描写。两人对自己的行为仍举棋不定，还十分小心翼翼，好像在为对方取下绷带清理伤口。整段描写不到一页就结束了，他立即给作者写信，想与她见面聊一聊她的书，可以去她那里——她住在科隆，不远——也可以在他这里,但她没有回信,再也没有,他也没有她的电话号码,只知道她的姓名和邮政编码,而且这比互联网以及各种轻松的侦破游戏的出现早了十年。最后,他独自面对着那页纸,文中叙述的是一个男人和一个女人,他们在聊了数小时和抽了无数根烟之后,一起来到城郊的某家旅店;突然之间,这个已不再年轻的女人脱下衣服躺上床,蜷起一条腿,只是一条,而那个也已不再年轻的男人俯下身,嘴贴在她的私处。他紧紧地吮吸,仿佛一松口就会坠落,坠入他起源的地方,而她,那个女人,把手伸向他,扯开他的衣服,衬衣和裤子,也同样紧紧地吮吸,为了不坠入她的源头,一种无尽的痛苦之中。他们相互纠缠着,直到一切都过去了,好了,完成了,才分开,各自躺在一侧,只有臀部还贴在一起,轻轻地、近乎生疏地触碰——从头至尾就这些,好似这一页是样品。

多数人提到最初的几夜,会说如同沉溺在爱的海洋里,他一再读到这样的描写,也一再摇头。海与爱情只有一个共同点,那就是两者皆不可见。人无法看见自己存在于另一人之中;可以感觉到,但无法看见。在两人共同生活的那些日子里,白天黑夜都可以见到些什么,如对方如何穿衣、脱衣,如何吃饭、睡觉,如何梳头或剪脚指甲。与某人的共同生活是一目了然的,而存在于对方之中却更多归于了睡眠,而不是清醒状态,不然为什么会说睡在一起呢?当自己的生命闯入对方的生命,人就根本不愿再次醒来——他,莱特,不愿醒来,最后他的两臂抱住她的两条腿,脸贴在她的咽部,就像动物委身于彼此并确信能活着逃离。这就叫"闭上眼闯过"①,剩下的只有幸福,不过这于他不是逃离的幸福,而是因疯狂且令人迷乱的

---

① 原文为 Augen zu und durch,德语中的谚语,意为将一切置之度外。

感激而起的幸福——他忘却了时间,也几乎忘却了自己身在何处,忘却了自己在爱奥尼亚海沿岸的一座城市里;他只是紧紧地贴着一张脸,即便靠得这么近,那也仍是令他感激不尽的一张脸。蕾奥妮敲了敲他的额头说,晚安,莱特。

　　当这句老话从夜里轻轻传出,就足以让人安然入睡了。晚安,这是他俩进入浑然不觉状态前说的最后一句话。而下一件又可以叙述的事情是,当第一缕阳光照进房间,他见到的不是那张令他无比感激的脸,而是那个女孩的脸。它一言不发地站在床边,俯视着他,让世界的清晰可见顿时变得毋庸置疑。

12

　你叫什么名字？他小声问，没有意义。小声，因为他的身旁还睡着一个人，完全裹在被子里，只有头发露出来，没有意义，因为他说的不是女孩的语言。她光脚站着，手臂出奇地僵硬，两手向外弯，如同在掩饰着尴尬或预防着潜在的危险；因为刚起床，她的破连衣裙歪到一边，胸前有点紧绷。莱特看得很清楚，他摸索着香烟和打火机，为了不要看得那么清楚，或压根不要再盯着女孩看。因为刚睡醒，动作还不太利落，打火机从床头柜掉落，在石板地面滑过，他听见它撞在墙上又弹回来，藏到了床底下，他看不见了。但他看见女孩蹲下身，弯下腰，伸手到床下找；随即又站起来，用一只手把裙子弄平整，拉过大腿和膝盖，然后用另一只手把打火机迅速递给他。

　谢谢，他说，你叫什么名字？当女孩站稳后，他又问了一遍这个没有意义的问题，她刚刚整理裙子的那只手向外弯着——她的裙子，不是 TA 的裙子；是她，不是 TA 站在那里俯视着他——语法必须顺应生活，除非人没有生命，只是以为自己活着。他从烟盒里抽出一支烟，但又立即推了回去，如果他不抽,她也不会想抽,不过那样的话除了看着她就无事可做了。他注视着她项链的挂坠——这个棱角分明的物件或许是一块较大的碎片,是她在某次事故、某次爆炸之后捡到的,油箱、汽化器、储气瓶的一部分,也有可能是炸死了她父母的炮弹碎片,如同电视里播放的动态的动人画面。不过如果真是那样,她不会卖这条项链,或者她不是真的想卖,只是想展示一下项链和挂坠,你们看,是什么杀死了我的父母,给我点钱让我活下去吧。这是什么?莱特一手指着挂坠,另一只手把床单拉到脖子处,电影中当有人造访卧室时常有的可笑画面,尽管电影里出现的总是金发女人,可能一丝不挂地躺在被子下,反正从来看不见,但他肯定是什么都没穿;在阿菲买的两件衣服已脱下扔在了地上,他这时看见了,女孩肯定也看见了。她的目光移到自己赤裸的双脚上,他不禁想说,穿上袜子吧,地上太冷了,这句话他在有孩子的熟人家里经常听到,地上冷,穿上袜子吧,拜托。通常后面还加上这句拜托以示紧迫,他觉得至少应该试一下,用一下这个句子。拜托,please,让我们再睡一会儿,我们会起来的,然后大家一起吃早饭,你听见了吗?他一边说,一边围绕这唯一的词语做着无可奈何的小手势,他轻声一连说了两三次 please,这时身旁伸来一只手,蕾奥妮把床一般温暖的手搭在了他的肚子上。我不用再睡了,她说,我们起来吧,来吧。

这个夜晚以一句来吧开始,又以一句来吧结束,女孩似乎听懂了一点,它深吸一口气,又重重地呼出,恍若在睡梦中发出的一声叹息,它突然又变成了十足的孩子,变回一秒钟的孩子,它离开了房间,但没有离开公寓;没有门的响声,也没有水声,隔壁没有一丝声响。莱特起身坐在床沿,用手梳理着头发,身体赤裸,有些颤抖,这一天总得以某种方式开始;他必须开启这一天,而不是坐视不管,似乎在暗中期望清晨能发生奇迹,女孩消失在空气里,而蕾奥妮·帕尔姆和他又回归了二人世界,可以安静地用早餐,之后在城里散步,然后继续他们的旅程,前往锡拉库扎、恩纳和巴勒莫。他捡起地上的裤子和 T恤,穿上,又戴上警察墨镜,走到阳台护栏前,透过树枝望着小巷,那里有人走过时,拖着清晨长长的身影。

　　她说什么了吗,她的名字?从屋里传来一个问题,莱特转过身。那个和他睡过的女人像他之前一样坐在床沿上;蕾奥妮穿上内衣、新牛仔裤和昨晚的衬衣。他取下墨镜,为了把这一切看真切,而不是带着童话般的色泽。没有,她什么都没说,一句话没说。

　　那你呢,你没说点什么吗?她套上毛衣,在她的头还没有从领口伸出来之前,莱特走到床边跪了下来——床前放着她的挎包,一些东西滑了出来,房门钥匙、一把梳子和一些药片、贴着手写标签的两个盒子,此外还有她那本封面有污渍的书。是的,他说,我说了。暗示了我们还想睡觉,我说 please。她懂了,这个小家伙懂得不少——他用手指敲敲书上的葡萄酒印——我搞不懂的是:为什么这本书没有一个真正的标题,只有这个杜撰的名字?他整理地上的包和散落在周围的东西,梳子、房门钥匙、书和药片都掉出来了,好像他夜里脚踢到了包,或者那个女孩在里面翻过。我不知道,蕾奥妮·帕尔姆说,我得知道吗?这个名字我喜欢,依内丝·沃尔肯,很轻盈,它能减少我还活在世上的羞耻感。也许我们应该给这个女孩起一个类似的名字,或许她就开口说话了。是的,莱特,她懂得很多,所以她也一直跟着我们。她知道我们从哪里来,而她想到那里去。我们现在只需要给她买一些开始需要的东西,球鞋、运动衫、紧身裤、洗漱用品、一件外套、一个背包,还有什么吗? 蕾奥妮·帕尔姆用手指梳理她的头发,站起身来,而他仍跪在地上,问,开始做什么?

我们都会看到的——帕尔姆伸给他一只手,好像他不是自己跪下,而是摔倒了,他握住那只手,让它把自己扶起来。我们都会看到的,这种话很难反驳,于是他回到书的话题上。这本关于你女儿的书——假如我出版了这本书,但要求一个清晰的标题,你会起什么题目?

我不知道,我得知道吗? 她又一次这么说,而且这时声音大了点,他差点用手去抚摸她的头发,在经历了床上那些拥抱后这其实没什么不妥,是清晨的一种温柔表示。但他没这么做,他请她闭上眼睛,不要思考就立即说出脑海里浮现的内容。她闭上眼睛,眉心出现两道兴奋的细纹。我脑海里浮现的是——遇见。

为什么恰恰是这个?

我得知道吗? 她拿起包跑向浴室;莱特穿上衣服。他其实料到了,这正是书中令人触动的一点,在他跟随她从自己家走到她家的途中,他就在为一个新封面想名字。但遇见,这已超出了被遗忘的灾难——你只需要倾听,只需要注视,然后就被某只拳头意外击中了心脏,但也是这只手,牵住了你的手——这个标题他也许会采用。他扣上衬衣纽扣,踮脚走进起居室,好像女孩仍在沙发上睡着,可她已坐在地上,他只是对她点了点头,没有问候一句迟到的早上好或说其他什么她无法应答的话。

女孩修着她的一只人字拖,他走近的时候,她几乎没抬头,但黝黑的手停了下来,如同盲人的手,也有着触角的功能,不过她一点都不瞎;她也不聋、不哑,这一点他非常确定,她最多是自闭,封闭在自己狭小的世界里,但同时又很清醒,在找

寻通往另一个充满希望的世界的缺口。莱特坐到沙发上,看
着她修鞋,他只能看,也不好暗示她,反正不久就会有新鞋了。
这个活不容易,前面夹在两个脚趾之间提供支撑力的橡胶带
快从鞋底断落了,她用好像随身带着的细金属丝固定住橡胶
带的底部,十分小心地缠绕着,其间又停下来一次,忍不住想
抬眼看他,而他也不禁想帮她在鞋底钻个洞,好把金属丝穿过
去,但这时浴室空了;在经历了床上那些事之后,蕾奥妮·帕
尔姆换了一身新装,她为他抵住门帘。水只有一小股,你不用
刮胡子,她说,他从她身边走过,拉好门帘,还是剃了胡子,
也是为了那个女孩——不是为了让自己看起来年轻,只是不
愿脸上留有夜的痕迹,他看着自己刮胡子,几乎摇了摇头。当
他们三人从屋里走出去,他仍然是观众,他们如一个小家庭,
但女孩立即走在后面一点;更像只有父母两个人,他们穿过清
晨繁忙的街道,走到中间有个住人的安全岛的广场,住的是那
些睡在树丛里的人。围成半圆形的楼房里只有一个咖啡吧,
门口斜上方的石头有年头了,上面刻着广场的名字,马志尼广
场——对莱特而言,这是一幅美好的、舒缓的画面。

　　在咖啡吧里他也再次进行了干预。当帕尔姆直接给女孩
点了热牛奶时,他说,这算什么,先问一下她要什么,但那边牛
奶已经热上了,发出嘶嘶的响声,蕾奥妮还点了甜点、一片吐
司和两杯浓缩咖啡,东西很快被送到了柜台上,他们站着补充
能量。莱特搅了搅咖啡——他得去取钱,在他们去购物之前,
或者都用卡支付,但这样看上去好似有取之不竭的储备,仿佛
钱对他不算什么,只是游戏,但对于女孩钱却是一切。他喝完
了小杯咖啡。太阳照进咖啡吧,这个清晨有点初夏的感觉,只
有零星的几朵云挂在仍呈蓝白色的天空上,广场上已开始活
跃,女人们提着袋子、篮子,男人们拿着排气管、轮辋等各种配

件,推着装着厨具、床垫或水果等货物的小车——看起来漂亮,但不适合写在书里。女孩丝毫不在意周围的忙碌景象,也不看他身边站着的那位;女孩的注意力都集中在吐司和牛奶上,眼睛只盯着手里的东西,忙着把它们送进嘴里。莱特俯下身,朝着曾遮住他脸的头发,说,我们现在给她买些东西,然后把她送去难民收容所,那里的人会照顾她,会继续帮助她。而我们俩,可以开往陶尔米纳,去参观高高越出海面的露天剧院,非常值得一看。

我们为什么不三人一起去,还是她不用看?蕾奥妮·帕尔姆脱下套头毛衣,披在肩上,她的头发又有点刚起床时的感觉,女孩竟然斜眼瞧了瞧,究竟是谁站在自己旁边,头发乱糟糟的,而她自己已梳理整齐,没有丝毫睡过沙发的痕迹,但她只瞟了一眼,两手紧握牛奶杯。莱特把钱放在柜台上,这是他最后的现金。我们不能就这么带上她,想让人把我们抓起来吗?他看了眼玻璃瓶架上方的一个挂钟,指针绕着带有红色熔岩喷泉的埃特纳火山转动;已经快九点半了,他们中午得退房取车,现在必须去购物。来吧,我们走,去买东西,他说,这些话对于开启这一天最有效——在一个阳光灿烂的陌生城市购物,不清楚傍晚会前往哪里,就这样两人度假般地进入了新的一天,这是他几乎已经遗忘了的方式。

三人一同离开了咖啡吧,横穿整个广场,置身于街道的喧嚣中,蕾奥妮在小摊上买了橘子,花完了剩下的钱;她递给女孩一个,但女孩看都不看,也总是走前一步或走后一步,好似与这对在城里旅行的情侣没有关系;直到经过一家商店,里面看似能买到他们需要的所有东西,她这才走到他俩中间,从敞开的门走进去,如一个被接纳的女儿。商店像是一个迷宫,收款台上写有阿拉伯文字,浅底红字,字母的形状若一把把小弯刀、钩子和血点——即便是不经意的一瞥，也能看见，不过眼睛不会在意；收音机里传出悲伤的乐曲，店主戴着顶小帽，留着胡须，身穿白色长袍。这个店不对，莱特说，他尽量不去看，如同在过去将多余或尴尬的文字删除一样——弯刀、钩子、血点，这些他会直接划掉，不过生活并非莱特出版社的新书，何况出版社也已不在了。来吧，我们走，他说，但蕾奥妮已带着女孩走进了女鞋区。那是一个狭长的走道，商品堆到了屋顶，店主拿着一根长竿子跟在她俩身后，竿子顶部有一个真钩子，可以够到最高一层的鞋。莱特走到摆放墨镜和小镜子的货架前；镜子里的他一点看不出倦意，倒像刚睡了个好觉——为什么不就在这里买点他可能用得到的东西呢，轻便的鞋和新内衣，或遮阳的帽子，但这不该他自己选，得由他的帽子设计师来挑，而且最好是在陶尔米纳。他走到男鞋区，流行款式都摆在地上，他很快找到了一双浅色布鞋，款式不错也合脚。我找到我的鞋了，他喊道，在南方度过的这些漫无目的的日子里，他突然展现出令人难以抗拒的热情，得到的回答也同样热情洋溢：我们找到了她的白球鞋、牛仔外衣和背包，其他的也快好了，你呢？

　　他并不着急，还在内衣区和挂满上衣的走道里逛来逛去，衬衣和外衣多种多样，但没有适合他的。等他来到收款台前，那两位已在等候，要买的东西堆在柜台上，像座小山。店主把每件商品的价格加在一起，最后又全部重新数了一遍，看看有没有遗漏或多算，他嘟囔着自己的语言，女孩的嘴唇也在跟着动，似乎在跟着数。你看，她听得懂，这是她的语言，莱特说，但女孩的嘴唇顿时不动了，她又垂下眼睛，或许这是她在家乡早已形成的习惯，在摩洛哥、阿尔及利亚、突尼斯这些国家，女人习惯于在男人面前目光低垂。店主给他们看账单，他嘀咕着最终的总价,不到八十欧,在女孩看来肯定是一大笔钱;她愣住了。莱特把带轮子的墨镜货架推到她面前,问,你喜欢哪个?你自己选。他指着一些黑色的大墨镜,能完全遮住眼睛,戴上后即便警察就在附近她也不用低头了。但女孩拿起一副镜框精巧、配有蓝玻璃圆镜片的墨镜戴上,在货架上的镜子里打量自己。莱特向店主做了个手势,表示墨镜也算在内。你看,蕾奥妮,他说,她戴着墨镜是不是像约翰·列侬?

原本简短乏味的一句话,却最终将他与这个三人同行的日子拴在了一起,尽管从这时起他得管好自己的嘴。他用卡付了全款,与此同时女孩穿上了新鞋和牛仔外衣,变身动作如此急促,以至于墨镜滑到了鼻子上。店主把其余物品装进两个口袋,跑到门前给他们打开门,他把口袋交给付款的那位,莱特让蕾奥妮和女孩走在前面。房费还是我来,之后轮到你了,他说这句话是为了至少对经济上的事做个安排,即便其他所有事情都将脱离他的控制,或像街上的喧嚣一样将他彻底左右。他们往回走,朝着有个杂草丛生的中心安全岛的马志尼广场。女孩这时走在他俩中间,好似被两个手里拎着购物袋的成人绑架了;莱特边走边晃他的购物袋,好让女孩有点乐趣,假如这个小家伙真是个小家伙,那也可以晃她,玩天使飞的游戏,他在有孩子的熟人家里见过并总是惊奇地发现,这个游戏孩子怎么都玩不够。他拐进通往公寓的街,街口处的房子还算坚固,里面是些电器商店、兑换所和饭馆,墙的凹陷处安着一个自动取款机,年久失修,像个模型,但莱特还是在它前面停下了。他选择了自己的语言,按照屏幕上的提示做,身体紧贴机箱,为了不让女孩看见,四百欧元是如何迅速而神奇地从出钞口跳出来的。我们手里又有钱了,他差点要为自己的轻佻说抱歉,但女伴已竖起了一只拇指,好似从这时起就再无回头路，无论在语言、行为或任何其他方面，一切都势不可挡。

兜里装着钱，步子都快起来——谁知道有没有人看见他们取款，然后尾随着他们呢；这时街已变窄，一半还能照见阳光，一半已被阴影遮住，沿着有阳光的一边走，他们就回到了那栋被树枝环绕的楼房。扎辫子的房主已等在门前，莱特按约定的价格付了款，房主随即取下了方向盘锁。他还打听了往高速怎么走，然后把袋子放进后备箱，蕾奥妮·帕尔姆已向前倒下副驾的椅背，事情一件接着一件进行着。她向旁边让让，打手势示意女孩，来，上车，戴着墨镜、仿佛从遥远年代走来的女孩爬进后排，从他，这位司机身边爬过，这时候车已发动了。车里人还没坐定，莱特已向后倒车并朝着指定的方向开去。从现在起，他说，我们有罪了。

他至少得把这句话说出来，在汽车这个私密的空间里，尽管他对法律也不是十分了解。只要交通状况允许，他就看一眼后视镜，看一眼他们如此轻易就带上了的人，好像带上一只自己跑来的猫，哪怕是一只猫，也得在带回国之前接种疫苗并做登记；行驶很顺利，他们很快就到达了城郊，通往郊外的公路两旁坐落着一些小型工厂和平价商店。女孩坐在后排，他看不见她的头，只能看见她飘扬的头发，因为他那侧的车窗开着——或者她坐在后排的中间，低着头，墨镜滑在鼻梁上，抬头时可以越过蓝色镜片从后视镜里看见他的目光？在上高速前的一个拥堵的岔路口，他不得不停下，这时他甚至觉得她在观察他。女孩，你到底叫什么名字，法蒂玛，达米拉，祖蕾卡，还是别的什么？莱特向后转身问道，蕾奥妮·帕尔姆用一只手摸着他的后颈，就像夜里他抱着她的大腿时她所做的动作。她不说话有她的原因。一个人如果什么都不说，总是有原因的。别管她了，开车吧。

　　他接着开，岔路口的车辆散开了；一条路通往希拉库扎，另一条路通往埃特纳，在一道几乎笔直插入大海的山麓旁坐落着陶尔米纳。莱特要一支烟，他让她点上火，边抽边开上了回程的路。他开在慢车道上，与前车拉开很大距离，这样就几乎可以随意地看后视镜。烟飘到后座，被女孩吸进去，她梳着头，一再梳理着在风中凌乱了的头发，细长的梳子肯定被她藏在破连衣裙的某个角落，人们总会惊讶地发现，女人出行时总能把洗漱化妆的小物件藏在什么地方，如口红、纸巾、备用镜等——她突然被归入了女人，她自己好似也感觉到了，眼睛里再次闪现出一道光，仿佛是同伙间的默契，我看到你在看我，我甚至知道你在想什么。但是这条裙子，我的孩子，红色的破裙子，得在到达陶尔米纳前扔掉，他差一点大声说，丢掉这身破衣服，我们在那里也给你买条新裙子。他把烟头扔出窗外，找寻着那只已不在他颈后的手，它现在正忙于别的事——蕾奥妮剥开一只橘子，应该说她快要剥好了；她还在摘去浅黄色的橘丝，他又对着镜子向后看。女孩咬着挂坠，像是咬着一个巨大的指甲，眯着眼，脸部扭曲。她很依赖这条破裙子，他说，但我们必须在陶尔米纳给她买件漂亮一点的衣服。她项链上的挂坠也丑，不过对她似乎有特殊意义，是吉祥物或某种象征，就像我们的十字架，我不知道她信什么，她信的是真主还是谁？

　　蕾奥妮·帕尔姆掰开橘子，递了一半到后座。莱特，这会儿她相信的是我们。

13

没有一个叙述者会立即陷进故事里,那会是一个循序渐进的过程;但是,当故事全部讲完并再次从头开始时,人们当然可以佯作从第一句话起就已深陷其中的样子,不过这是欺骗,会让变化过程变得模糊难辨,而变化来源于叙述外围的一些巧合,完全与生活相符。即便在生活中,变化的发生也并非依据某个勇敢的计划,也不会奏乐以宣告变化的降临,经常是一些小事起到了推动作用,促使人前行,例如偶然听到的一个词、随意说出的一句话或仿佛从童年里飘来的气味——掰开的橘肉在车里香气四溢,至少让开车的这位有点飘飘然。莱特沿着海岸线行驶,陶尔米纳所在的山麓已近在眼前,他从后视镜里看见,女孩在吃橘子,一片一片地咀嚼,不慌不忙,一幅美丽的画面,为什么不把这幅画面继续留在身边呢,可以去看望她,给她带点什么,送点什么,不只是一个橘子,也可以有面包和奶酪、一包薯片、一张电影代金券,一本适合朗读的书,帮助她学习这门陌生的语言。蕾奥妮,我们得想一想,这个小女孩要什么以及这件事该如何继续? 我们今天晚上去哪里? 明天呢？

我们明天返回。如果她仍坐在后座，那就是想跟我们走。

跟我们去哪儿？回我们寒冷的山谷吗？莱特踩住刹车，路边已出现了出口指示牌。她还压根不知道我们从哪儿来，要去哪里，他说，这时那只手又伸了过来，那只在夜里最初抱着他、最终又在他的颈部寻找着支撑的手；即使现在，手也在摸索，在寻找，仿佛这样能让那些瞬间重现，那些令整个行程以及在车里度过的两个夜晚变得有价值的瞬间，一千五百公里是一次诞生的长度；难道在他们彼此的相拥之中没有诞生出什么吗，比如，两人在一起的念头？她很清楚，我们要去哪儿——蕾奥妮抚摸他的头发，抚平翘起的部分——就像我清楚地知道，她不是我的女儿。但一开始她可以住在我那儿。

路上如果出了事怎么办？故障？事故？如果警察问起来怎么办？莱特下了道，付了这段短途的高速费，穿过一个地道，在高速路的另一侧立即把方向盘打到底，掉转方向开上巨大的悬崖，古老的希腊人已发现了这个适合建剧院的蔚为壮观的位置。还有，到了边境怎么办？他接着说，现在又恢复边境检查了，抽查。这个女孩没有证件，她一句话不说地坐着，让人想起留长发、戴同款墨镜的约翰·列侬。我们不能让这些事情就这样发生在我们身上。

可以的，莱特。我可以。还有，现在好好看路。旁边就是三百米的深渊。

他觉得三百米夸张了，但两百米或许有，而且每转一次弯、每通过一个隧道，地势就更高了；他只找到一个机会从后视镜往后排看，女孩两眼直勾勾地望着窗外，仿佛被大自然无声的壮丽震惊了。他开在一小列车队的最前面，行驶较容易，没人能超车，每人都在鸣笛，他尽量流畅地行驶，再次感到了

放在他颈后的手;此时此刻,无异于从昨夜传来的回声;他可
以一直这样开下去,握紧方向盘,一直往上,如人们常说的,幸
福得别无所求——是的,他认为这一表述放在这里是恰当
的——在经过一个较长的隧道后,他们就快到山边的居住区
了。马路与海边的悬崖之间已能见到一些被棕榈树环绕的休
闲别墅,紧接着也出现了一座座依山而建的饭店,蕾奥妮收回
了手。她整理好自己的衣服,而他循着市中心的标志行驶,再
一次沿着崎岖的弯道开上坡,到达一座古老的城门,不能再向
前了。他们非常幸运地找到了一个停车位,位置十分理想,因
为走进城门就是横穿陶尔米纳的购物街。

他们下了车,先是蕾奥妮,接着是女孩,最后是他,莱特这
时完全意识到了他们是三人同行。他们三个人,戴上墨镜即
将出发——人们会认为是父母带着女儿——他们走进城里,
在经历了找停车位的幸运之后,开始体验更为寻常的逛街的
幸福。对于帕尔姆和他而言毫无疑问,他俩漫步前行,因为漫
步是需要学习的,他手里夹着烟,她拿着那个小设备,边走边
快速地拍张照,而女孩空着手走在两人中间,不知道自己该往
哪看。一路上的商店橱窗里,展出的看似只有摆放在丝绒或
大理石上的珠宝,即便只是手提包,价格也超出了他过去出版
一本书的全部费用,从预付款到印刷费。因为拥挤,他走在蕾
奥妮和女孩后面一点,来自世界各地的人熙熙攘攘,好像巴
黎、北京或东京的奢侈品店还不够多似的;他们要前往步行街
另一头的露天剧场,途中或许能买到一条价格适宜的裙子,好
换下这条红色的破裙子。这只是一种模糊的设想,不是想法,
同样模糊的是女孩望向一个又一个橱窗的眼神,她只是斜眼
瞥着,还低着头,似乎在沿街示众。虽低着头,但又想知道是
什么在向她袭来,或这个世界为其他人都准备了什么。女孩

从所有这些令人震撼的商品旁走过,这些东西仿佛感染了同一种疾病,过剩之病。一路上他们看见了犹如包了金的昂贵鞋子,昂贵的表,艳阳下仍在展出的皮草,以及犹如手工艺品的服装,其间竟然还路过了一个书店,橱窗里尽是些让人无比绝望的书,陶尔米纳指南、爱情絮语、饮食建议,还有精装本的《教父》,摆在马龙·白兰度饰演的维托·柯里昂的剧照前,在其他店里也能看见这个人,在之间路过的货摊上,无论是T恤、茶杯还是围巾上比比皆是,几乎成了黑手党崇拜。看啊,蕾奥妮伸长脖子叫起来,还有一家帽子店。

披萨小吃摊旁有一家小商店,靠着马路较明艳的一段,是在卖便宜货的小店前的最后一家高档店。三人走进去,为了给他,莱特,找点遮阳的东西,为什么不呢? 那你呢? 他问,帽子设计师也该给自己找点什么,来吧,蕾奥妮! 又是令他难以抑制的激情——因为所有这些帽子和一张戴上帽子只会更美的脸。他指着这个或那个款式提建议,而女孩的眼睛盯着地面,好像帽子不是戴在模仿罗马半身人像制成的贵重石膏模型上,而是放在刷漆的镶木地板上。他也指着一顶帽子叫她看,红色,镶黑丝带,配色很漂亮,但她只是撑开一只手,没抬起,拒绝的姿态,意思是别碰我,帕尔姆转过脸。千万别要这顶奥斯卡圆顶礼帽,像个锅似的,我来给她选,你还是出去吧,给我们大家在旁边买些披萨,我也给你选一顶——我觉得你的头围是五十八厘米。

他走向小吃铺,排在队尾,那句我们大家还在耳边回响,还有他的头围,五十八厘米,她肯定早就知道;他前面排的是日本人或中国人,谁能分得清呢? 即便有区别,也不明显,就像这个女孩与在魏萨山谷上学的那些女孩区别不明显一样。但是人新到一个地方肯定很难,陌生就是陌生,不能自欺欺人,而异样是双重的陌生,再好听的话也没用:眼睛决定了一切。那些中国人或日本人集体点了餐,他们的领队拿到三个纸盒,于是所有人一溜烟跑开了,然后轮到了他。他点了吞拿鱼披萨,已经烤好放在一块铁板上,不十分合他的口味,但是意大利肠女孩可能不可以吃。他让店家包了六块,每人两块,还买了一瓶可乐和一罐冰茶,刚要走回店里,两人正好走了出来。女孩戴了一顶西部牛仔帽,编得很松,也松松地搭在她头上,那个和他睡过的女人——此时他这么想——头上顶着一顶顽皮的钟形帽,手里还拿着一顶帽子。

莱特,给你选了一顶詹金斯巴拿马帽,这种帽子很少见。我们的小姑娘戴的是西部玉米皮帽。而我给自己选的是米兰圆顶草帽。

我给大家买了披萨,吞拿鱼的,这里有人不吃吞拿鱼吗?他仿佛是在家里的饭桌边提这些问题,这里有人不吃洋葱吗,有人再要点沙拉吗,在熟人家里吃饭时就曾是这样。那个小孩,那个女孩,立刻拿起一块披萨狼吞虎咽地吃起来,也喝了可乐,而蕾奥妮和他在步行街的最后一段分享了冰茶,吃了披萨。今天晚上又有新鲜鱼吃了,他说,好像两人已经计划好晚上去哪儿;目前商量好的计划还只到露天剧院。蕾奥妮买了入场券,两个成人,一个孩子,成功了,第一个小障碍排除了。三个人,孩子戴着西部帽,男人戴着巴拿马帽,女人戴着暖黄色的小帽,他们沿着陡峭的山路走到上面的剧场,因为他们是从剧场后面走上来,所以当他们突然站在了制高点时,可以越过所有石阶望着舞台以及舞台背后古老的石柱,还可以一眼望见冒着烟的埃特纳火山口以及左侧悬崖下深蓝色的爱奥尼亚海——此情此景令人窒息,见到类似的景观时,人们通常会这样夸张地说,但那个女孩仍旧平静地呼吸,帽子低低地压在额头上,似乎她什么都不想看,就像眼睛受到刺激时人会转身避开一样。莱特让蕾奥妮把手机递给他,也随即把她的手握在手里,他离开女孩一点,只是几步,但已有回归二人世界的感觉。他越过警察墨镜看过去,说,蕾奥妮·帕尔姆,我爱戴着这顶米兰草帽的你。

那不戴呢?

他举起那个刚得到的小巧设备,看着屏幕,拍了一张照——埃特纳火山口冒出的烟刚巧在帽檐上方,像一根羽毛。也喜欢,他说,只需要一个词就说出来了,其实非常简单,他向后退了退,又照了一张相,蕾奥妮的全身像,她站在台阶上,两手托腮,样子既吃惊又不吃惊,虽然这两种状态只有在语言中才不会相互排斥,中间加一个小小的"又"就够了。她是不是有点惊讶,他问,而她只是轻轻摇了摇戴着草帽的头,但也微微地点头,如果不是他的手因调整屏幕上的图像而自己在动的话。他走到一边找那个女孩,直到她从侧后方出现在屏幕上,在他拍照的瞬间或一秒钟之前,她撑开手,没有举起。我们还是走吧,蕾奥妮说,别再照了。咱们回车上吧,再一起到周边转转,晚上坐轮渡到对岸吃饭。莱特,咱们必须离开这个岛,到一个没人找她的地方。

大家一起再到周围转一转,这听上去不错,像是一家人,他向女孩招手,来,继续走,我们这里都看完了,现在再去周围转转。她又走回他和帕尔姆身边,他们俩,男人和女人。女孩跟着他俩原路返回,再次经过古驰和所有那些闪光的东西,走出城门后冲向要找的车。整段路上她都一言不发,只是默默地跟随,但却仿佛沿着一个不可见的轨迹,自觉且顺从,说不清是为什么——是因为她得到了一个住处和一些吃的,白球鞋和牛仔外衣,自己选了墨镜和这顶牛仔帽?不,他说不清是为什么，但可以说，她像条小狗一样跟着他们，尽管他从没养过狗；到了车边她已经知道，怎样放倒驾驶座椅背好让自己顺利进到车后排，当他为拿后座上的外衣而靠近她的时候，她玩着自己的挂坠，让金属在阳光中闪耀。他背朝汽车避着女孩，把三张刚取的现金大票放进内兜——蕾奥妮又进了停车场边的一家咖啡吧，他把外衣放在座位之间的架子上，这样钱就更安全了。毫无疑问，这个动作很狭隘，女孩好像发现了点什么，露出一丝笑意，没有抬头；他似乎看见了她在笑，笑他的防备，笑他对于压低帽子的小偷的恐惧。他发动车，一脚踩向油门，又是一个狭隘的动作，幸好这会儿副驾已从咖啡吧出来了，拿着一盒饼干向他们挥手，上了车，用拳头捶了捶他的肩，说，我知道我们往哪儿开了。

蕾奥妮在咖啡吧里打听了他们离开这里的最佳路线，也询问了在哪里可以欣赏到更多的美景。掉头然后向左，她下达命令，他立即执行，像之前执行所有命令一样。他们来到一条开往岛屿深处的公路，道路两旁是光秃秃的山丘、岩石和枯萎的灌木丛，仿佛开进了一条荒凉的死胡同，但根据路牌的提示，尽管有点绕路，但它也能抵达墨西拿，到达渡轮的港口。莱特开着车窗，一只手又摸着车顶，路况很差他开不快，最后他停下来，虽然空气已不如海边那么温暖，他还是提议打开顶篷。蕾奥妮穿上他的外衣，转身对女孩解释说，我们现在打开车顶，并做了个相应的手势，还示意女孩按住帽子。莱特从内后视镜里看到，当顶篷收起时女孩瞪大了眼睛，他也第一次看见她张大了嘴，如同孩子得到人生中第一辆自行车时的表情。然后他又开上公路，像人们开敞篷车时常做的那样，把一只手伸进风里；他们先是经过了一个高地山谷，其间只有一两处居民区，远处的房屋好似嵌在山坡上的疤痕，之后他们又逐渐向

下,开向一片平原,不时飘来迷迭香的阵阵香味。红褐色的土
地上,有时会出现一棵孤独的树,有时能看见一段石块堆成的
旧城墙遗址,偶尔也会看见一头一动不动立着的驴、田间推着
自行车的男人或在路边行走的一身黑衣的女人。某个山丘上
突然出现了四五棵树,假如没看错,那是古老的乳香树,人们
可以想象自己在它们中间仰面躺下,在光秃秃的地面上等待
傍晚和夜晚的来临,头顶上的天空让人世间的一切显得如此
渺小,让人自己加诸自己的那陌生而沉默的本性变得如此微
不足道,于是可以安然入睡了。他问戴草帽的蕾奥妮,你的婚
姻为什么不顺利?然后拿出一支烟用打火机点燃,带着妻子
和孩子开着敞篷车穿越西西里岛,也得一边抽着烟,这一项不
能缺。为什么不顺利——我的丈夫有外遇,最后他得在她和
我之间找平衡,两个受了刺激的女人,他受不了这种双重压力
就跑了。你累吗,要我换你吗,你要饼干吗?她问得很平静,
让人卸下了防备,之后还伸过一只手,按摩着他的后颈;是的,
他累了,高兴而疲惫,他敞着篷抽着烟,努力挣脱这一状态,提
了这个关于她的婚姻的问题,或许是想赌一下,用这一状态做
赌注,谁知道呢,为了检验一切是否过于美好,美得不真实,包
括在这条公路上的行程。这时他们又从一个陡坡径直向下,
拐过某个弯时,海峡突然就出现在下面遥远的地方,湛蓝的海
水,对岸是大陆,他停车想照张相,为了留下见证,尽管再高的
像素也不能记录下他此刻快乐而疲惫的感觉,以及爱的感觉;
不过这张照片以后可以展现他的疲惫和筋疲力尽的双眼,但
他这时戴着警察墨镜,所以连这一点都无法记录下来。

    莱特下了车,把椅背向前倒,让女孩下车,他指着眼前的
那一部分世界让女孩看,将西西里岛与大陆隔开的一道海峡
永远激发着人们建桥的欲望,不过迄今为止人们还在纸上谈

兵，无法征服这一地理学的胜利。他想让她欣赏这一恢宏而静谧的胜利，但她只低头看街边落灰的仙人掌之间被人丢弃的啤酒罐，他顿时就失去了照相的兴致，放弃了这一错误的执念。蕾奥妮拿着饼干走过来，他说，我们继续开吧；可是她真的想休息一下，她递给女孩一块饼干，女孩竟然接了过去。他们三人在啤酒罐等垃圾前站了一会儿，被沿路斜坡上的龙舌兰、塑料袋、碎报纸和尿不湿包围，每个人尽可能想着自己的事，吃着饼干。莱特想说点什么，他想说，他们得再好好考虑一下，但他又不知道怎么开口。他可以说，在墨西拿找机会把女孩交出去，交给红十字会、教会、政府机构——这个词真的浮现在他脑海里，如一个语言的幽灵——也可以说，摆渡之后就太晚了，到那时若想解决问题就必须惊动警察了。但他什么都没说，一边吃饼干，一边用手指敲敲米兰草帽，让它在蕾奥妮的脑袋上更歪一点，他能听到自己的心跳，他的心已不再像过去二十年中那样跳动了，仿佛在他的胸膛里再没有任何会令人激动的东西，如今只有肌肉在维持着他的生命。他望了望女孩，它早已吃完了饼干，也越过蓝色的圆镜片匆忙回看了他一眼，之后还取下了墨镜，似乎在说，太阳快要落山了，该踏上回程的路了，他盯着她的脸看了几秒钟，突然起了风，头发遮住了她的脸。她的两臂僵硬地贴着身体，头微垂，她站在他面前，眼睛里闪着炙热的光，两眼之间透着她的倔强，他终于说，继续走吧，这一句话就足以打破这种站立的睡眠状态。蕾奥妮上了车，逆风关上顶篷，女孩倒下驾驶座的椅背爬到后座，紧靠着与顶篷一起关上了的车窗；风扬起尘土，莱特揉揉进了灰的眼睛，最后一个上车，他感到有人抵住他的背，两只脚或两个膝盖，似乎在催促他，别再浪费时间，赶紧出发。于是他再次集中注意力，沿崎岖的山路向着大海的方向盘旋而下,眼前是一片荒凉的海滩,不久后上了一条快速路,是通往墨西拿的最后一段,行程共一小时,其间他们只说了两句话——让他记住的只有两句,有可能不止这些,可能也谈到了荒凉的海滩——他说,好的,那就没有回头路了,而蕾奥妮·帕尔姆说,是的,我们带上她。公路经过墨西拿城郊,从这座有红十字会、其他避难所和政府机构的城市上空开过;当自己承受不了的时候,那永远是最后一条出路。莱特立即开向渡轮集合地,探照灯照亮了广场,比黄昏还亮。

14

广场四周乱糟糟的,到处停着车,从中央开始才分出两条车道,被一列卡车车队隔开,还有一条隔离带将车道与携带各类包裹的人流分开。那些人想前往大陆,那里的山看似只隔着条海峡,伸手可及,海峡幽暗,水面泛起白沫。广场上随处可见三五成群、头戴钢盔的警察;其中一些向车里张望,另一些指挥着人群,不时挑出一两个,领到探照灯照射下的白色集装箱里询问。蕾奥妮又剥开一个橘子,橘子表面也爬满了橘丝,她递了一半到后座。他们不是每辆车都查,他们也无权这么做,这里又不是边境。而且我们没携带毒品或武器,什么都没有。

只有一个与我们无关的女孩。她不该戴这顶牛仔帽。这个难看的项链也得拿掉——你听见了吗?莱特转过身去,冲着女孩的帽子做了个手势,拿掉它,接着又冲着项链做手势,拿掉它,但她只是挪了挪帽子,他又示意她至少弯下腰——想让人把我们三个都抓起来吗?他转回身,车流正向前移动,有人招手示意他开进一列车队,准备登上即将出发的下一班船,如果他没看错,这里都是些车牌不可疑的车;他们以步行速度开向入口处的斜坡,经过了售票窗口,开入船的内部。她递钱过来,拿着,我来付,蕾奥妮好像由此也担负起了三个人的责任,他买了车和乘客的船票,手随即伸过头顶把一张票递到后面,给你的,拿着。他等着,得有耐心,过了一会儿,她才抽出他夹在拇指和食指之间的船票,他的手被轻轻拉动,这几乎是两人的第一次接触,莱特迫使自己不去看后视镜。他前面还有五六辆车,然后就可以开上斜坡,经过那些戴钢盔的人。他们往车里看,大多只是看一眼司机,同时还得观察那条更窄的人行道,审视提着各类包裹的人;看似没怎么细查就都放行了,仿佛是为了摆脱而不是留住他们。一个穿制服的人示意他向前看,不要往边上望,甚至还走到车前提醒他匀速行驶,他看了一眼副驾,她手扶帽檐点头示意,这时候没有比做这个动作更合适的了;官员摸了一下钢盔表示放行,莱特开上斜坡进入停车舱,身旁再次响起轮胎摩擦舱板发出的尖锐噪音,其中还混杂着引路员的命令声。

一切顺利,蕾奥妮·帕尔姆大声说,表示安慰,还伸长脖子向外看了看,然后她拿起一块饼干递到后座,并做了一个引诱的动作,他都看见了,也看见饼干没有像他的票那样被取走。莱特跟随非洲人的手势往前开,到了停车舱中央,挨着一排卡车,但随后又有人冲他招手,是也站在那里的一些戴钢盔的人,他们好像在检查一辆冷藏车,打着手电查看里面冒冷气的物品,他们示意他开到这一列车的末尾。他在那里停下来,两边留了足够上下车的位置,他的那侧离楼梯也很近。他调整后视镜,看见了女孩。她打开自己那侧的车窗,好像在寻找什么,牙齿紧咬下嘴唇;一股煤油和盐水的味道飘进来,车身随着地面的钢板抖动了一下,引擎一定在下面的某个地方,已经随着活塞的上下运动启动了。

　　我们最好待在车里,莱特说,她最好不要露面。你听见了吗?他再次转过身,对着女孩比画:关上窗,立刻关,关严实,在座位上躺平。拜托你,他说,不然你会给我们大家都带来麻烦,船上也有警察,所以把窗关好,听懂了?他用手指了指窗户的开关,手指在空中划来划去,示意女孩按下按钮,但她一动都不动;她头戴牛仔帽,两手撑开放在膝盖前,像个被人遗忘的配角坐在那里,好像既看不见他,也听不见他的声音。她得关上窗,他嚷道,手再次在空中指来指去,似乎要向女伴求助,她至少当过妈妈,可能会懂这种固执,突然窗玻璃向上滑动,因为前面也有控制键,他刚才没想到;蕾奥妮关上了后面的车窗。开了儿童安全锁,她说,这句话仿佛用的是女孩的语言,不管是什么语言,也许只有某个偏僻山谷里的人才会说,这个戴着帽子一言不发的人突然被触动了。她按窗下的按钮,把手指压在上面,甚至用手捶窗玻璃,但玻璃纹丝不动,莱特坐着转过身,看见她用黝黑的小拳头敲击着玻璃窗。这是干什么,你想干什么?你是要警察看见把你带走吗,你是想被关进小房间,然后等警察把你交给谁吗?警察这个词一连说了两遍,这是比所有国界都还古老,而且所有语言里都会出现的词,世界上每个孩子都能听懂,孩子听到这个词,哪怕只偷了些糖果也会跑开。女孩这时试图打开另一个后窗,按按钮并不停地敲打车窗,莱特转身越过座位弯下腰。打不开的,他故作镇定地说,后面的两扇窗都打不开,因为装了儿童锁,你听到了吗?他好像是一时口吃了,再次加重了语气,一个音节一个音节地说 Kin-der-si-che-rung[①],而蕾奥妮·帕尔姆没

---

　　①　儿童安全锁的德文词。

等他荒唐地说完就打断他,你以为她懂啊!我们为什么不打开收音机,找点她能听懂的东西呢?——你想听音乐吗?她扭头问,而莱特说,直接放吧,音乐每个孩子都知道,不管来自哪个山谷,哪个国家,哪个地方,给她找点音乐吧!他用手捂住脸,在手心的黑暗里稍作喘息,仿佛周围的一切全都消失了,仿佛一直以来他的身旁就只有他自己,他从指缝间看见,蕾奥妮正弯腰在收录机找着合适的音乐,尽管停车舱里信号不好,断断续续的乐声也可以让女孩停止敲打玻璃窗。她这时挪到座位中间,两手撑开放在胸前——对抗着他,莱特,司机,这位她眼中整件事的掌控者。即便事情已发展到这一步,他其实也可以扭转局面,可以握住她面对他举起的手,轻轻抚摸,做一些安抚的动作。当别人握住自己手的时候,每个人都会平静下来,这个道理世人皆知,和警察一词类似。来,给我你的手,他说,不要怕,你可以和我们一起走,你愿意对吧?不然你为什么跟着我们,昨天晚上在房前等着我们,请告诉我是为什么?他几乎是大声粗暴地说出那句请告诉我是为什么,仿佛她欠他一个解释——你们给我吃的给我喝的,你们在饭店里保护了我,所以我等着你们——与此同时,他像够桌上一个比较远的东西那样抓起女孩的一只手,也许是想随着收音机里的音乐拍拍她,女孩立即捏紧拳头挡在胸前,好像他要抢走她的什么东西似的——莱特看着她骨节泛白的拳头,看着她过早有了皱纹的前额,他得想出某种办法让她明白,她不能在窗口露面,最好躺平,装作根本不在。于是在蕾奥妮继续找音乐时,他伸长胳膊,用手指敲了敲女孩自卫的拳头,说,来,躺下,她一下子就把他的手指打开,速度之快让他无法反应,你,你干什么?他去抓那只挣脱的手,女孩这时用手捂着脸,只露出细长的眼睛和其间的竖纹,嘴里发出的声音,如同孩子拒绝吃某样东西时抿紧嘴唇发出的声音。后面怎么了，莱特？蕾奥妮的声音并不急迫，她正忙于在信号不好的车载收音机里找寻动听的音乐，而他怀着十足的好意抓着那只手，只是为了抱住女孩，不让她再弄坏东西，谁知道她还会干什么，踢门，如果落入警察或其他更可怕的人手里，她这个不受法律保护的人就完了。你要明白，你不能被人看见，他说，好像是冲着不能被看见这句话，女孩挣脱了他的手，力道之大似乎在羞辱他，好像他的手没有肌腱、没有肌肉，好像他不想抓住她似的，他又用上另一只手，来阻止这场骚动。上帝，你躺下！他开始训斥她，语气不太严厉，不过意思很明确，而且受到了猛然变清晰的音乐的衬托，蕾奥妮打开了录音机，播放的还是那盘之前修好的磁带。你给我听清楚，他喊道，突然女孩猛地扑向前排座位中间，帽子都甩掉了，她扑向司机的车门，向着一旁的卡车车队以及之后紧挨着的楼梯，为了能消失在船上的迷宫中——莱特看明白了其中的奥秘，理智或直觉告诉女孩，她该如何跑出车以及从哪一侧逃脱的机会更大。副驾还来不及干预，他就用两个胳膊挡住她；为了不让女孩够到车门把手，他们的胳膊在破连衣裙下的肋骨上缠绕，深深勒进了两个肋骨之间，她转动身体，让脸朝着上面。安静，他叫道，一次、两次，安静！他还没说出第三遍，她就冲着他的嘴吐了一口唾沫，像是一个回答，这个回答就足以让他松开她去擦嘴，就在这个时候，她人还躺在他的大腿上，手却已打开车门，莱特好像被自己震动了——人们喜欢说惊呆了，但他从来不敢用这样带有安慰意味的话——伸手抓住她的头发，直到右手抓住了她的项链。你要杀了她吗？帕尔姆用自己的包打他，她的帽子也掉了，他手里抓着项链，扭头看了一眼，他还想找个办法挽救这一切，也想阻止正在开车门的同伴下车。求你了，他叫道，可是女孩带动项链一起扭动身体，他抓着项链，紧紧地抓着金属块，之后她用穿着新鞋的脚蹬了一下副仪表盘，挂坠像刀片一样划过他的手。

15

车的前排躺着三顶帽子,短暂吸引了他的目光,老音乐带还在播着,也是灵魂的短暂慰藉,此时渡轮已起航,整个船身震动了一下,这一震动也传导到车内,甚至传导到帽子和它们的网状组织上,有一阵莱特以为,震动也传到他的身上。其实是他自己在颤抖,他看见自己的手心里,沿着生命线的方向有一道裂口,似乎有人将它整个切开以探明生命的奥秘。血还没有流出来,但裂口已令人触目惊心,不一会儿裂口颜色逐渐变深,他突然感到了疼痛,好像有谁在捅着伤口,恐惧也随之袭来。

他,莱特,独自坐在车里,女孩不在,她从车门摔下去后立即爬起来,消失在那排卡车之中,蕾奥妮·帕尔姆也不在,她也许是想找回女孩,跑向了楼梯,不过跑错了方向,在他注意到车内的帽子和自己手里的伤口之前,这些都被他看到了。他脱下浅灰色棉衬衣,包在手上,让手离身上的 T 恤远一点,几秒钟后棉布染红了,像是被浸在了一个红色的小水坑里;他关上音乐,找出被帽子压住的烟和打火机,点上一支烟抽起来——停车舱里肯定不允许抽烟,但在无数电影里都有过这样的场面,被枪击中的人、事故中受伤的人、罪犯,还有其他被抛弃的人都会抽烟,只有通过这个方式,人才能接受事情已然结束的事实。烟从被点燃的那一刻起,它就在向着自己的末端燃烧,与此类似,人每吸一口烟,就离自己的健康、生命与爱情更远了一步。当克里斯蒂娜就那样离开的时候,她体内的孩子已被两人放弃,临近了死亡,他为了保持理智也抽了这样一支烟。那是在他顶着烈日在卡拉布里亚大区行驶了一天后,那天中午,当布满石块的田野被正午时分的太阳烤焦了时,他俩开到有点偏僻的地方,在车后座上仓促做爱,他们的最后一次,别的他都记不起来了——人只能记住所有事情的第一次,因为自己清楚知道那是第一次,而最后一次拥抱是经历完之后才知道的,除非第一次拥抱就是最后一次,只有在这种情况下人的记忆才是完整的。那个唯一一次或最后一次和他睡过的女人走了,消失在了渡轮的深处,好似在那里她可以找回那个女孩,让回程变得有意义,可以三人同行,像一个小家庭。

停车舱里四处回荡着口哨声,戴钢盔的人又出现了,其中有个男人挥动着证件;莱特在脚踏板上踩灭烟头,关上始终还敞着的车门。伤口抽搐着,绑着的整件衬衣这会儿全染红了。渡轮上肯定有急救箱,警察中也肯定有人懂包扎,警校里会学习在医生抵达之前如何给伤口止血,但他该如何解释自己的手受伤的原因——不,不能让人看见他这个样子,这么多血,他会被立即带下车,不允许他再开车。但他必须开车,开下渡轮,找到蕾奥妮和那个女孩,就好像所有这些事都不曾发生,或至多是一场引发了愚蠢后果的误会。伤口需要好好包扎一下,这对于手巧的帽子设计师不是问题,后备箱里或许就有必备的急救箱,不过帽子设计师跑开了,不在了。蕾奥妮穿着他的外套,绕过车头跑走了,她用来打他的包还拿在手里,根本没想到他出了什么事。

　　莱特用包扎着的手握住操纵杆,为了检验自己是否还能挂挡,总会有办法的,另一手可以控制方向盘,所以他可以开下船,这时船已行驶了很久,即便他感觉不到向前的移动。摆渡时间共二十分钟,他或许还能下车找那两个人,喊她们,但喊什么呢? 对于已经下定决心的人,喊什么才有用呢? 当克里斯蒂娜从街边饭馆一个人走向火车站回家的时候,他喊了什么? 或许她当时不完全是独自一人,腹中还有个小生命,但于他,那只是一个洞,错过的洞;他什么都没有喊,只是自言自语了几句,好像是求你了,走吧。不,下车也弥补不了什么,他只会引起警察的注意,一个打着浸满血的绷带的男人;另外手在不得不挂挡前也需要休息。他再次打开车门,觉得自己快要吐了,但其实只是他的心快要跳出来了,似乎要摆脱那种错过的感觉,似乎这样可以把它像变质的食物一样吐出来,但其实是做不到的。他每年都会有一次抵抗灼人的空虚的经历,当克莱斯尼茨带着圣诞礼物请他去听歌剧,他坐在她身边,甚至穿着西服,一旦舞台上的一位孤独的女人——最后一次是《诺玛》这部歌剧——将她失去幸福的所有痛苦全都唱出来时,他把演员表举在面前却无法看清女演员的名字,因为他只看见了湿润的、颤抖的睫毛。恋爱中的消逝,其中所有的逝去,都是他一再回避的,但他出版关于这一主题的书,每一部都经过他的笔不断压缩、缩减,直到最后只剩下被精雕细琢过的句子,所有柔软、腐化、甜蜜的东西都不复存在,除却了爱的黏度、弯度和它所有难以言表的内容。

　　整个船身受到了猛烈的撞击,船靠岸了,车上的人都发动了引擎,于是莱特也打着引擎,打起精神,就像要为新的一天振作起来似的,心却还在期待未知的安慰,就好像遭到抛弃的女人会开始写作,将自己的心交到手中,但每个被抛弃的人或许都经历过短暂的软弱时刻,谁知道呢。甲板打开了,船头的第一批汽车开上了斜坡,此时的天色介于白天与黑夜之间、令人愉悦,但这种光线让他喘不过气,尽管他还能吸入氧气,为了迎接傍晚中的世界的挑战;他在正确的时间推上了挡,用完好的手握着方向盘,穿过停车舱的一条小道,开上斜坡来到一个足球场那么大的广场,但他的脖子像被勒紧了似的——哎,这个小词"像"甚至会被他删去。

广场坐落在港口和一排颜色暗淡的房子之间,他看见房前有一些沿街的餐馆和高大的棕榈树,他也看见整个广场上都散布着警察。所有从渡轮上步行走下的人都被招手叫到隔离带后,那里很快就黑压压一片,而汽车可以开上广场,警察要么目测检查,要么打开后备箱查看,并在车边或被探照灯照亮的集装箱里询问车主。莱特望着隔离带后的那群人,即便他以步行速度向前开,也几乎不可能在那里找到什么人。他把裂开的手靠在侧面的头枕上,为了止血,也为了做一个看似慵懒的姿势,手上缠了一块布只是为了好玩。他还打开了收音机,没有播放老磁带,而是寻找流行音乐,但只找到了闲聊节目,一男一女,都异常兴奋,如人们常说的忘乎所以;他觉得这个也行,只要能转移别人的注意力,不注意到他的伤口就行。他随着车流前进,只有三分之一或四分之一的车得打开后备箱,他这样的车牌都被放行——条件很简单,只需要字母正确和一张苍白的脸,哪怕是因为伤口疼痛而苍白。挂着一挡,一手握方向盘,另一只手还搭在头枕上,他从戴钢盔的人身边开过,突然紧挨着隔离带前行,也就是靠着带有各种行李的人群。许多人互相喊着什么,另一些人大声打电话或用自拍杆拍照,还有一些人盲目向前挤;哪怕用最低的速度也无法辨认出一张脸,而他身后的车已在鸣笛了,就算他在人群中发现了蕾奥妮·帕尔姆也根本无法停车,时间再短都不行——她肯定在某个地方,或许和女孩在一起,他冲着窗外喊她的名字,如同一对在渡轮嘈杂的人流里走散了的老情侣。警察招手让司机继续开,车流渐渐散开,最后他可以向左或向右开上马路,也可以直行上高速。他可以自己决定怎么做,只是不能停下,不能下车去寻找那两个人。

　　莱特决定开往有餐馆和小商店的一排房子,他还是以一挡的速度行驶,之后停在了一个陈列着食品和葡萄酒的橱窗前,某些酒瓶的标签如同被遗忘的歌剧的微型招贴画。他这时想要最好的红葡萄酒,入口时丝般润滑,每喝一口都如同在所有敞开的伤口上多围上一块丝绒。他拿出那张一百的纸币,是刚取的现金中余下的,当时没放进外衣而是放在了裤兜里的那张。他走进商店,包扎过的手放在背后。得买点东西,给自己买些必需品是他的生活习惯,他买了大饼和奶酪、冷鸡和腌橄榄,还有一瓶葡萄酒,颜色很深,类似绑在他手上的衬衣,此外还有两个塑料袋。店主是一个小臂结实的年老男人,他也许已从衬衣上看出了点端倪,但只是加快了找钱的速度,而他,莱特,转过身把裹着衬衣的手塞进一个塑料袋里,就这样离开商店又上了车。他把购物袋放在副驾座位上,另一个塑料袋还是套在包扎了的手上;手每动一下,伤口都好像又裂开了一次。他看了眼后视镜,看看街上有没有车,又看了眼车内后视镜,看他现在是不是仍不知道开往哪里,头发黏在一起,汗水滴进眼睛里,眼睛和停车舱里的引导员一样发红,因长期吹风、汽车尾气以及一种会让细小血管破裂的思乡之情。

他松开离合器踏板,沿着那排房子往前开,这时已入黄昏,他又冲着马路喊了一遍那个他刚刚熟悉了的名字,但不再是为了得到回应,而是为了荒唐地确认自己是独自一人,既不是三人也不是两人,而是独自一人待在车里,手心里无谓的疼痛似乎在证明,无论你在这个世界上活得是否痛苦,无论你是否用一辈子的时间把未写完的书写完并把差书修改得没那么差,都没有意义;从宇宙的角度看,他所有这些行为都是可有可无的——为了避免崩溃,他不得不想:是的,他还在,他,莱特,这个一边开车一边胡思乱想的人。马路两边的房子越来越荒凉,颜色也越来越惨淡,突然,他又回到了港口那个没有生命的地带。他开车越过铁轨来到一个广场,那里长着些树墩,放着些仿佛被人遗忘的集装箱,杂草从沥青的缝隙里冒出来,整个广场向着海的方向微微倾斜,海边有些黑乎乎的阶梯一直延伸进海水。他停在阶梯前,无法再向前,再努力也不行,除非要毁灭自己。他拿起放在帽子中间的开瓶器,想打开刚买的酒,他下了车,坐在最高一级台阶上;台阶一共四级,最下面的一级浸在海水里,长满小贝壳,如同卡塔尼亚港口区里病猫爬过的老木桩。他拿下手上的塑料袋,看见被血染成深红色的衬衣,他想拍一张特写,一张具有神秘意味的特写:这是什么?理智点,现在理智很重要,拍张照、做点手工会让人忘记自己孤身一人,但他至少还得打开酒瓶。他拿起酒瓶和开瓶器,用完好的那只手把尖头扎进木塞,把酒瓶夹在两膝之间。

从海峡吹来一阵风,还不冷,但也不再柔和,介于两者之间,他找不到合适的词来形容。对岸是墨西拿,灯光闪耀,看似很近——若埃特纳火山喷发,可以看见,甚至他脚下的地都会颤抖。莱特用力拔塑料启瓶器的把手,但只是把夹在两膝间的酒瓶拔起来了。他又试了一次，这次把酒瓶夹在大腿之间，两腿交叉，呈夹子状，但他还是连瓶子一起拔了起来，而木塞仍留在原地，酒还是够不着。拔出瓶塞需要两只手，得一手握住瓶子，把它紧紧固定在地上不要动，而另一手拔瓶塞。方法听起来很简单，但现在他必须自己完成，因为他错过了在店里请人开瓶的机会，一个手势，一个眼神就可以请那位肌肉发达的老人帮忙：他应该这么做，但有谁会刚受伤就立刻想到之后的种种不便以及遇到的障碍，更多的想法是，伤口也许不像第一眼看上去那么糟，只是像电影中经常看见的那样流了很多血，一切仍会像往常一样继续。他从裤兜里掏出烟和打火机，点上一支，这还行，不难，只需要一只手。抽了几口后他把衬衣取下来，只有被浸透的最后一点没有，那儿的布料已经陷进了伤口中。这时手指可以动了，它们可以握住瓶颈，扶住它，他可以再次拔瓶塞，一次、两次，没有用，他疼得对着风大声喘气——这不是力气的问题，是决心的问题，将木塞一鼓作气从不松动的瓶口拉出来的决心。在他第三次握住瓶子拔瓶塞时，他张大了嘴发出浓重的鼻音，好像是抓到了滚烫的玻璃，这一拔让他向后倒去，不是坐在地上，而是仰面向后倒下，头撞在地上，晕了一会儿，无可奈何。即使他还根本不了解自己的命运，但当他仰视天空的时候，命运这个太伟岸的词突然出现了，好似一个祷告，此时完全脱离了衬衣的手随着他的喘息声来回急促地晃动。

莱特看见自己躺着，手在张大的嘴边扇动，张大嘴是为了用力呼气，但也为了在喘息和抽噎声中无所顾忌地痛哭，即便他会删去这一句，像秘密文件里绝密部分一样完全涂黑；他看见自己躺在那里，像是散了架，他也看不见自己：因为散了架——他弄不清楚自己躺了多久，三分钟或五分钟，尽管他极力集中思想,思考现在是星期几、几号、几点钟、在哪里,让自己的大脑运转,让自己恢复正常。那是周四,四月二十三日,晚上约九点,否则天不会黑,他独自一人带着划伤的手躺在海边古老的石阶上,面向墨西拿海峡。他独自一人,这意味着,没有手放在他的颈后,没有唇压着他的唇,没有大腿被他抱着,没有门前的脚步声,没有门铃声,没有一起抽的第一支烟,没有为了看日出深夜开进山的疯狂想法;若良性肿瘤般在他体内日益增长的爱恋消逝了,也许能拯救他的戴草帽的蕾奥妮消失了,不知来自哪里、或许能让生命中的一切变得有意义的女孩也不见了,剩下的只是他手中的裂口以及打不开的酒瓶,还有再年轻一次的可怕欲望。他若能再年轻一次,就可以风雨无阻去卖盗版书,争取隔壁女摊主的芳心,而不必在她六十岁的时候再表白。他的时间压缩到了一起,剩下的岁月在他看来好似变成了唯一的一天,胸中带着痛,与手上孩子般静谧的痛截然不同。当暑假接近尾声,那种因正值假期,可以享用礼物和自由的强烈幸福感突然要在一夜之间消失:假期的最后一周已不再是假期,因为心已开始收紧。他又一次感到那种灼热的幸福,毫无先兆地从天而降,一直延续到一小时前他们三人一同登上渡轮;现在机会来了,抓住上天赐予你的幸福,以免错过。而转眼间情况却变了,他需要找个门诊或找人帮他拔出瓶塞。莱特仰面躺着,哭泣着——他或许会在书里保留这句话——他为自己而哭,句号。

海风大起来,压弯了从柏油路面冒出的野草,将焦油末吹在路面上,还形成了一阵阵小龙卷风,将空塑料袋吹向集装箱,又把装有面包、奶酪、鸡和橄榄的塑料袋吹到莱特的脸颊边,仿佛有人在抚摸着他并说,我在你身边,我抱着你。蕾奥妮——他朝向水面呐喊,朝向大海,海水夹杂着亲吻的声音漫

过布满贝壳的阶梯,但有人听见了,那人回答了一句,好像是
Hey 或人们在黑暗中经常呼喊的其他音节,然后他已听到鞋
底发出的嘎吱声,有人在向他走来,缓慢地,小心地,在这样的
一个地带没人知道会发生什么。我能帮你吗?①

———————————

① 原文中莱特与这位非洲人的对话都是英文。

16

一本书的最后几个章节篇幅通常会比较短,恰如人在生命之末不再有大段的安宁,只剩下一个又一个伤口间短暂的宁静,第一个被抬向墓地的朋友,与尚未了解的身体的最后一次拥抱——莱特看见这样的两三个章节正式向自己走来。这时,一个身穿黄色运动服、戴连衣帽的非洲人在他身边蹲下来,一手撑在背包上,他的脸比夜空还黑,只能看见白里发红的眼睛和雪白的牙齿——这些纯粹是些现象的描写,非洲人也同样可以这样描述他,一个有点上年纪的男人躺在地上,中欧人,流着血,手里拿着一瓶葡萄酒;说他瘫倒在地也不为过。我能帮你吗?那人又问了一遍,声音很小,小心翼翼,好像面前的人不是显然需要帮助似的。这个瓶子,莱特边说边举高一点,我一只手打不开,另一只手没法用,坏了——bad,这会儿他想不起别的词,这位黑皮肤的撒玛利亚人,如果他没弄错的话,还年轻,不到三十岁,拿起瓶子拔出木塞。

清脆的响声,几天前刚听到过,但再次听到时,仿佛已过去了几星期。那个非洲人,不然他还能来自哪里呢——来自人类的摇篮,这只是听起来不错罢了——拔出木塞,又把细的那头塞回瓶口一点,然后把酒瓶放在布满灰尘的柏油路面上。我能看一眼你的手吗?他又轻声问,但这时是着急地询问和请求,说着他已弯下腰看莱特的手,并保持这个姿势介绍着自己,仿佛想在提供帮助前先赢得对方的信任,他说自己叫泰勒,从尼日利亚来,也说自己想去哪里,莱特打断了他的话:因为他来自那里,那是他的国家。我的国家,他说,他还第一次这样说,突然之间就说了出来,仿佛要为此负责任。不过尼日利亚男人没有任何反应,可能佯装自己不在意帮助的是谁;他打开背包,从包的深处拿出一个铁皮小盒和一个铁皮杯,并把杯子放到酒瓶边。然后他再次让莱特伸出手,语气更轻,但也更急迫,莱特给他看手上的裂口,也告诉他自己的名字,并且为了解释清楚还说了对应的英语词,不管对不对;他从裤兜里掏出香烟和打火机,递给尼日利亚人一支烟,但对方只是重复了一遍他的名字,莱特,就像骑手[①],就开始干活了。他打开铁皮小盒,展示了一下里面的内容,包扎用具和一个用胶带封好的喷雾罐,小盒子、微型盒子、放在被压扁的软管之间的小瓶子,一把理发师常用的剪刀,镊子,一把地毯切割刀,像是自制的前额照明灯,还有一些针线。他拿出喷雾罐,取下封口的胶条,在手上喷了一点透明的液体——杀菌,他愉快地解释道,莱特仰头望着月朗星稀的夜空。

　　此时若能望见星海,会有点帮助,注视星空能最大限度让一个人摆脱身体的束缚,在光速中迅速消解,变成人眼中的事物,即便是虚无,最多是恐惧。他从天而降的帮手把小灯绑在额上,打开,轻柔地说放松,并拿出两把镊子,把手掌里呈对角

---

　　① 　原文是 Reiter like rider。

线的伤口拨开。莱特抬起头,好似要直视疼痛,但男子观察着伤口,平静的眼睛微微眯起,冷静地分析着病情——这样的眼睛肯定属于一位备受欢迎的年轻男人,而且他的嘴大而坚定,鼻子十分漂亮,虽然漂亮除了说明好看之外不能代表什么。他抓起葡萄酒瓶,用牙咬出木塞,倒了一满杯,然后又抽出一支烟,问,自己能否吸烟或这会不会干扰工作,尼日利亚人给他点烟,两人的脸在一瞬间凑得很近,他看见被火光照亮的黝黑面颊上有细小的十字疤痕;他这时又抬起头,夹烟的手贴近嘴,他看见帮手用镊子从小盒里夹出一块白纱布,用白纱布将已开始凝固的血从伤口里擦掉,男子时而哼着小曲安慰他,时而继续介绍着自己,他从拉各斯来,近一年来四处流浪,受伤时自救已成为习惯。是不是很疼啊?他问,莱特摇摇头,不清楚有多疼,又或者不清楚这位从拉各斯来的男人所做的一切是否有帮助;清理完伤口之后,男子从某个小瓶子里滴了一种褐色液体到裂口中,再次哼着歌安慰他,就像为了分散孩子的注意力让他忘却疼痛一样,之后他给针穿上线,针眼很小且针的前部有些弯。莱特看见,这双手手背黝黑,手心发白,觉得它的每个细微动作都经过了深思熟虑,值得回味。可以想见,这位名为泰勒的男子,于某天夜里在拉各斯城郊仔细地收拾好生活必需品,整理好行装,为了赶在天亮前向欧洲进发,第一段路坐的是卡车,他两臂紧抱着背包。莱特用胳膊撑起身体,想看清楚自己身上发生了什么,他问男子是不是一个人逃难,泰勒似乎不想多说,只是答了句不是,就开始做必须做的事情。一共要疼八下,他轻声解释说,时间很短,你应该想点美好的事情,想自己最爱的东西。莱特只是点点头,眼睛仍关注着男子双手的一举一动,看着坚实的手指如何将裂口并拢并在额头小灯的照射下用针对好位置,然后一下子坚定地刺

过去,针头迅速穿过肉钻出来,把线带出来一截,然后来自拉
各斯的男人剪断线,用两个指尖将线的两个末梢打上结。他
又哼起歌,但这会儿更多是冲着自己,或许是他集中注意力的
方式,每打完一个结他就快速扭头看一眼旧集装箱;起风的时
候,莱特仿佛听见了远方传来的响亮哭声,以及唯有母亲才能
发出的抚慰声,他的安慰在那个女孩身上没有效果,因为他认
为她不懂得感恩:当他俩的手在车里扭打在一起时,不懂感恩
的想法从他脑中闪过——她得到了一切却竟然想跑掉。莱特
把烟头摁灭,他的手在颤抖,他的腹部也在颤抖,但大脑却无
法思考,仿佛也在随之颤动。男子又打完一个结后扭头张望,
集装箱之间传来低声的啜泣和母亲的安慰,莱特有那么一阵
儿疯狂地希望但同时也害怕,帕尔姆已找到那个女孩,她蹲在
某个地方,茫然若失,现在帕尔姆要带着她回到他身边,继续
他们的三人之行。

他的妻子和女儿,尼日利亚人边说边向集装箱的方向望
了一眼,他再次哼起小曲,好似在与那两人交流,一种唯有他
们三人才懂的合奏,接着他在靠近手底部的位置扎了最后一
针,打上最后一个结。他再次仔细查看了整个伤口,又从箱子
里拿出包扎工具和一管软膏。莱特想问,男子和家人是不是
从拉各斯逃到了这里,虽然他知道不会有其他的可能性,但他
仍想听他讲述整个逃亡故事,听男子说他是如何带着老婆扛
着孩子,带着一家人抛下一切在夜晚启程,因为他爱的人陪在
他身边,在仿佛漫无止境的道路上给予他力量。可是他最终
却只是问,泰勒是不是医生,对方笑着回答不是,也立即反问
起他的职业。莱特拿起盛有葡萄酒的杯子,尝了一口;酒不
错,此时此刻能起到镇定的作用,是他很久以来喝过的最好的
酒。他的工作已经结束了,不做了,做完了,莱特解释说,但那

个来自拉各斯的年轻父亲没有就此罢休，又问他曾做过什么工作。

出书和卖书。

哪一类书？泰勒在涂有软膏的缝针区打上绷带，莱特把杯子倒满；他谈起有出版价值的那些书，有女人写的，也有男人写的，不过女人们叙述的是她们的伤口，而男人们讲述的是他们的伤疤。那你呢，泰勒，你有什么计划？他小口喝着酒，拉各斯男子绑紧绷带，只露出一截手指；最后，他还用衬衣上没沾太多血的部分做了一个吊带，可以支撑着手，然后他整理自己的旅行药箱或逃亡药箱。他是一个渔民，他说，渔民在海上遇到困境只能自救。但他也会烧鱼，烧各种鱼，现在他想干这个，这是他的计划。

泰勒站起身，把铁盒装进背包，把背包放到汽车边，然后绕着那辆旧敞篷车走来走去；他敲了敲车轮，用手按了按引擎盖，又摸了摸顶篷和后备箱盖，好像打算买这辆车似的。这时莱特也站起身——这不是过夜的地方，而且只要心还在跳，生活就得继续。他斟上酒走向帮助了他的人，他对男子表示感谢并请他喝酒，给你，但尼日利亚人举起刚才拿针的手——不要葡萄酒，他不可以喝葡萄酒，也不能喝啤酒。这么说似乎是为了赢得更多的信任，看，不喝葡萄酒、不喝啤酒也可以做人，莱特自己一饮而尽——不用问为什么，不用问他为什么不可以喝酒，答案一定是个适用于各种场合的词，不能说明问题，只会让人更糊涂；他向来无法忍受适用于各种场合却毫无意义的词语，碰到这种情况总是要求讲清楚，请您说，他是穆斯林、犹太人、基督徒，一位来自拉各斯的渔民。

这时，这位父亲做了个召唤的手势，于是从集装箱之间的阴暗处走来一位抱孩子的女人，比他年轻，二十五岁左右，脸瘦长,只有眼睛里闪动着深邃而兴奋的光芒。她身上裹着块蓝布,戴的头巾像只坏鸟窝,而那个可能在逃难途中出生的不满一周岁的孩子卷在一条被单里。孩子的父亲说了两个名字,莱特记不住——注意力分散的时候,哪能记住名字呢?这位可以喝葡萄酒的人的心中藏着一些画面,画面一旦被触碰,胸口就会开裂,而裂痕无论用什么都无法缝补。在这被世人遗忘的广场上,在这通向大海、通向海峡的漆黑的阶梯上,他的眼前显现出一幅儿时见过的圣像,即便被单里裹着的不是刚刚诞生的男婴,而是女孩,即便泰勒不是木匠,而是渔夫;他不由羡慕起这位渔夫,看似荒谬且令人难以置信,但却是一种他从未有过的感觉——在那些已结婚生子的朋友的幸福小家庭里,他曾见过在饭桌边麻木地玩智能手机的小孩子,他当时没有任何的感动,但现在他羡慕眼前这个逃亡的男人,羡慕他的生活,哪怕他流离失所,没钱也没朋友,除了妻女和勇气之外一无所有。

你的丈夫救了我,他对女人说,而且用显然所有人都懂的语言重复了一遍,并举起装有葡萄酒的杯子说,祝你健康,泰勒!他喝光杯中酒,把杯子递给他的恩人,那一位拿起杯子走到水边仔细地冲洗,而他,莱特,只用一只手塞上瓶塞——当少了另一只手的时候,人很快就会习惯只用一只手做之前做不到的事。尼日利亚人把杯子装回背包,带上老婆孩子整装待发,他把包背在肩上再次绕着车走来走去,突然在这位可能的车主面前停下了,看着他,问,你能帮助我们吗,骑手?

17

两只狗从广场上跑过,灰白色,瘦骨嶙峋,一只已年老,步履蹒跚,另一只步伐轻盈,但跟在后面摸索前行。年迈的那只在临海的阶梯前躺下,年轻的那只躺在它旁边,都一直在休息;莱特的眼睛追随着它们。他不是特别喜欢动物,但城里的狗总带有一点人身上的东西,即便它已垂死,需要帮助,但它们从人身边经过时总是仿佛在说,你其实是什么——你是谁,这可以在每家宾馆、每家饭店得知,但你是什么却在任何地方都无法获知。尼日利亚人再次拿下背包放在车后,似乎准备好了要放进后备箱。他有没有开过带变速箱的车,莱特问,方向盘在左边,他的恩人第一次流露出一丝忧虑。他答道,只开过渔船,还开过一次他老板不带变速箱的车,方向盘在右边的。Sorry。

莱特向两条狗望去。瘦弱的那只舔着另一只的肚子,而这只懒懒地侧躺着,一只前爪伸向空中,幸福地晃来晃去,假如狗也懂这些的话。背包可以装进后备箱;但没有儿童椅,只有安全带,虽然后座的安全带可以给两人用。还有晚上开车

如何换挡的问题,他绑绷带的手几乎不可能,也会很疼,除非
副驾能换挡,不然开不了车,他得现场学习,即便他之前只开
船穿过拉各斯的泻湖,开着不属于他的船,就像这辆旧敞篷车
也不是莱特的一样。莱特打开后备箱,泰勒把背包放进去,然
后他打开驾驶座的车门,把座椅靠背向前倒下,让抱孩子的女
人上车,事情依次进行;尼日利亚人坐到前排,莱特坐到驾驶
座上,酒精的作用已经过去了。他发动了车,用左手就行,也
马上用这只手指着变速杆——他,泰勒,得挂挡,现在就练习。
这位父亲转身对着老婆和孩子,孩子已经睡着了,他对两人说
了点什么,好像是关于接下来马上要发生的事情。莱特一个
词都听不懂,泰勒安慰他时也没有说这些话,他给年轻的女人
解释,自己得协助开车,而且刚开始的时候可能会出点问题,
他描述了撞击和勒紧的动作;他的声音、他的目光和细小的动
作都仿佛在表示,在克服了所有困难之后,现在在这个广场上
还有最后一个障碍需要去除,这时莱特用从绷带里伸出来的
手指告诉他,哪是一挡,哪是二挡,哪是三挡,更多的目前还不
需要,也解释了操作方式,他会在踩下离合的时候喊"现在",
now。他们于是开始了;他们在广场上开了一圈又一圈,泰勒
学得很快,他立即找到了各个挡位,没有撞击感,但问题是去
哪里呢,离开广场进入繁忙的车流后,至少副驾知道要开往哪
里;他想去火车站,从那里的保管柜里取一个包,包存在那里
比放在他身上或他们三人过去几天过夜的地方——那些旧集
装箱之间——或许更好。他说到放在包里的重要文件,还有
他妻子的一点首饰。

　　那就去火车站,为什么不呢——莱特在广场边停下,停在
一条有双向车流的道路前,汽车、小载重汽车、轻型摩托车,持
续的灯河,来自拉各斯的副驾又一次转向身后;他握住被单里

伸出来的一只小脚丫,再次低声给妻子解释,而她只是轻声说了一个词,仅一个,莱特很想听懂,因为它听上去像是一个暗号,实现平静的日常生活的秘诀。泰勒又转回身,一手握住变速杆说,他们得向左转,那条路通向火车站,莱特信任他,因为这比什么都不相信要好。

等两辆轻型摩托车开过后,莱特才喊出 Now 并松开离合,以一挡的速度开上了马路。有时候一些长久——几乎是一辈子——看似不可能的事情,突然变得很容易,例如放开自己,或换个角度与自己保持距离,为了别人而存在。不是等待某个时间或某个地点,也不只是停留在想法上以后再说,而是立刻去实施。莱特在红绿灯前停下,刹车踩得有点猛,因为刚好从黄灯跳到了红灯,他向前侧面倒,在车内后视镜里看见了自己,烟灰色的胡楂;他看见斜后方女人炙热的眼睛。她爱她的丈夫,毫无疑问,那眼睛里充满了对泰勒的爱慕,那个渔夫,那个愿意傍晚在陌生的城市里给一个残疾人当副驾的人,他根据指示操纵变速杆,使车能前行,继续前往他们的目的地;她愿意为她的丈夫牺牲,而泰勒也愿意为她以及襁褓里的孩子牺牲,而他,莱特,当克里斯蒂娜带着腹中的生命离去,乘火车回家并准备在那里给这条生命画上句号时,只是干坐着,陪伴他的只有那瓶葡萄酒,是的,他甚至抿了一口酒,心里还想,那就请你走吧。

红灯跳到了绿灯,泰勒已自觉做了正确的动作,他肯定也能安全地在车流中驾驶这辆车,莱特相信他能做到一切,哪怕是给女人接生。火车站的标志出现了,肯定不会开错,又经过两个红绿灯之后它再次出现,他停下,路边有一些商贩,他们把商品摆在地上的布料上,打火机、墨镜、便帽。尼日利亚人下了车,他穿过马路走向马路另一侧的小广场,走向军营般的车站大楼,几乎是溜达着,似乎是避免引人注目。莱特盯着他看,直到他的身影消失在大楼里,然后他向车内后视镜望去。那个女人在喂奶。她俩的边上是装有开了瓶的葡萄酒、面包、奶酪、凉鸡和橄榄的袋子——他想再喝点红葡,也想吃点奶酪,但他不敢请正在喂奶的女人把口袋递过来,更不敢直接伸手到后面拿,不敢再犯同样的错误。于是他望着马路对面,望着熙熙攘攘的车站前广场,而这时一阵夹杂着奶水和汗水的醇厚的气味飘到了前面——醇厚不是最准确的词语,不过,当人每吸一口气都感到心在抽搐时,他还能想到哪些词语和哪些语言呢?莱特想下车抽根烟,但这时刚学成的副驾已穿过广场走过来,他依然不慌不忙,两手提着从保管柜里取回的口袋,以及一些他会用生命去捍卫的东西。尽管此时广场上人山人海,人们拿着各自的财物,提着各式包裹和箱子站在一起,但他认出了来自拉各斯的渔夫,像是认出了一个熟人,在一个空当里,莱特还认出了一个人,甚至是从背影。

18

其实他只是在人群中认出了自己的皮衣,好像是他自己身体的一部分,几秒钟之后,他就已推断出,那个在温暖的夜晚和他一样把外衣松松披在肩上的女人是谁。

是的,那个夜晚很柔和,诱使人们脱下外衣,在他的记忆中有许多类似的夜晚,开始有一点夏天的感觉,可以光着膀子,露着膝盖和各种小文身,仿佛一下子就从自己的躯壳里解放了出来。但他现在没心情去看这些。他发动汽车,踩下离合,从吊带里抽出绑着绷带的手,用指尖把变速杆推进一挡,只做了这一个动作,伤口就仿佛被撕开了,他不由深吸一口气,再咬紧牙关吐气;尼日利亚人已在广场边停了下来,等着汽车开过,而他也得等所有的汽车开过,然后他松开离合,转动方向盘,开过马路到达广场边。他把车停在那里,让怀抱着包的泰勒上车,但自己却没有跳下车,而是把车拐进广场慢慢开向人群,在离那件皮衣距离不到十步的地方才再次停下,熄了火。就一分钟,他边下车边喊——Just one minute,泰勒!

火车站前广场喧闹混乱,弥漫着准备前往各个地方的人的说话声和叫喊声。忽然,声音变小了,他仿佛被堵上了耳朵,尽管他能听见自己的心跳声,或自认为听到了——谈及自己的心跳,人们很容易弄错,而且也会用言语进一步巩固错误;事实是:他已多少次不得不在故事的末尾读到,两个失散的主人公再次碰见,偶遇,其实都不是,仿佛事件的背后隐藏着更深刻的必然性,比一般读者看重的结尾更深刻。他向皮衣走去,那件他始终离不开的皮衣,他是一个寻常而感性的男人。披在衣领外的是夜里曾蒙住他的脸的发,一侧肩上背的是曾打中他的头的包。在离皮衣仅一步之遥时,他看见皮衣背面曾经流行的褶皱,他停下来,先是平静了几秒钟,然后他深吸口气想说点什么,但又不知道说什么好,这时,蕾奥妮·帕尔姆转过身来,注视着他,仿佛在较长时间的分离后她得先辨认一下;她似乎没看见吊带中的手。我喊了你,她说,在渡轮前的广场上,喊了又喊。莱特,我在这儿,等一等。我看见车了,你径直开走了。

我没办法。我排在车队里,所有的车都在开。而且我的手在流血。我该怎么办呢? 这时他举起绑绷带的手,假装招招手,帕尔姆从他身旁望过去,好像是在看她的车以及里面的乘客。你想说说你的手是怎么回事吗?

他简短叙述了事情的经过,最后也望着仍开着门的车——他的来自拉各斯的恩人及其妻女还等在那儿。那个女孩怎么样了,她消失了吗?

没有,她没有消失——蕾奥妮理了理被风扬起遮住了眼睛的头发,她的脸庞又呈现出几天前或几周前的那天傍晚敲他房门时的模样,目光冷静,不再有温度——我在从渡轮里走下来的人群中还看见了她,她和一个男人在说话,她并不哑。她是要找一个能说她的语言、懂她而不是抓住她的人。谁知道她经历过什么,我们不知道。后来我看见你的车开了过去,我走到了火车站。一会儿有一列火车途经那不勒斯和罗马去往佛罗伦萨。我还没去过佛罗伦萨。

他找着烟,但裤兜里只有打火机,没烟,他需要烟。最后几句话,好像是自言自语,但其实是说给他听的——我还没去过佛罗伦萨——他感觉自己脚下失去了支撑,火车站前的广场仿佛被水淹没,但他们站在高一点的地方,踩着一个纸箱或一把椅子,都很平静。车里还有空位,他解释道,泰勒可以带着他的妻子和孩子坐在后座,孩子还小,还在喂奶。我们为什么不一起去佛罗伦萨呢?一个绝望的提议,但谁又能立即察觉呢;他带着询问的目光看着她,而她却从包里掏出自己的房门钥匙递给他,说,这些人跑了这些路不只为看一眼乌菲兹美术馆①。但我还想看。你让他们三个住在我家。因为我也还想看看其他的地方。

这两个"还"他都听见了,但又不是真的听见,因为他没有一下子明白。他唯一明白的一点是,蕾奥妮·帕尔姆和他要的东西不一样,而他不知道自己最终想要什么,只知道现在他想要她跟他走,陪在他身边。他看见脚下的地面在继续消失,也看见警察从火车站走出来,身穿黑色制服头戴钢盔列队向人群走来,他们迟早会发现不该停在广场上的汽车,发现坐在车里的一家人,他们或许不该出现在车里、广场上,或许也不该出现在这个国家里。你得做个决定,他说,跟我们走还是一个人走?

一个人?蕾奥妮重复了这个词,看着他的眼光如此陌生,他不得不低下头,盯着她的细带凉鞋,她的脚,那是她身上他

_____

① 意大利佛罗伦萨博物馆。

最先爱上的部分。当它们站在他的门前时,看上去是如此需要保护,也蕴藏着一点希望,去往某个地方的希望,在那里,这双鞋、这双脚以及这双脚所承载的一切都是合理的。自从他从渡轮前的广场上开走之后,她就是一个人。她走近一点儿,他再次抬起头;她靠得那么近,他连她的睫毛或两眼之间的竖纹都能数清楚。告诉我一点,莱特,你在火车站这里找我了吗?

也许是他迟疑了太久,反复问自己应该怎样回答她,是或不是。他为了保持内心的平静,甚至努力辨认她一根一根的睫毛,或假装做出他厨房里照片上的样子,全然沉浸在自己的世界里,不过照片的背景里有女人的腿。她突然望着他,眼光非常平静,可以洞察一切,她说,他还是什么都别说了,闭上嘴。这几乎是一个请求,请求他不要伤害自己,她甚至碰了碰他的绷带,好像在暗示,不只他一个人受了伤,在那一刻,他对她的了解似乎并不比对那个始终缄默不语的女孩多。那我们现在说一下实际问题,她说,这是他早已熟悉了的女人的话。我想要这件皮衣,用我的车换,行吗?她把手伸进内兜,拿出那三张一百欧的纸币,其他重要的东西他都带了,这一点她显然很清楚。他说,好的,可以,她把纸币递给他,而他用缝了针的手去握住她,疼痛直入眼底,但蕾奥妮·帕尔姆没看到或根本不想看到。她说,还想去车里取她的帽子和书,这也可以;他跑向车,拿了她的书和那顶帽子,他又喊了一次 One minute,泰勒,这一回真的只需要一分钟了,这是蕾奥妮·帕尔姆和他都最清楚的一点。他把书递过去,允许自己帮她戴上帽子,并问什么时候会再见,而她说,自己现在去佛罗伦萨,可能还要去卢卡、拉韦纳、的里雅斯特,虽然她的时间根本不够看完所有错过的东西。她用拳头抵住他的胸,轻轻推开他。

我曾问你是否健康,其实只是想知道我们之间的距离有多远。你那一边有太多的岁月——令人羡慕!这是她的最后一句话;之后她把帽子调皮地向后挪一挪,就穿着他的皮衣穿过马路向火车站走去,十字路口的人行道恍如手风琴风箱,如此过时,与他和她所经历的一切一样不合时宜。

现在只需要说明的是,这个依然令他心碎的故事该如何结束——如果他用的是老标准,故事就会在他看见皮衣上过时的褶皱那里结束。不然他就还会提到,那个来自拉各斯的男人已在高速上承担了驾驶任务,整晚都在开车,而他的副驾睡得如死了过去。等到巨大而温暖的太阳再次从佛罗伦萨的上空升起,那是他们再一次与蕾奥妮·帕尔姆靠近。之后的再次靠近是当叙述者收到来自的里雅斯特的一个包裹,寄信人的地址是一间民宿,包裹里放着圆顶草帽和一张卡,上面写着,帽子若用来遮挡光头就太廉价了,就像这本个人印制的书——莱特,你漂亮的皮衣随后寄到,在我不再需要的时候。

21世纪年度最佳外国小说书目
（2001—2017）

2001年：

1.要短句,亲爱的 〔法〕彼埃蕾特·弗勒蒂奥 著

2.雷曼先生 〔德〕斯文·雷根纳 著

3.天空的皮肤 〔墨西哥〕埃莱娜·波尼亚托夫斯卡 著

4.无望的逃离 〔俄罗斯〕尤·波里亚科夫 著

5.饭店世界 〔英〕阿莉·史密斯 著

6.凯恩河 〔美〕拉丽塔·塔德米 著

2002年：

7.老谋深算 〔美〕安妮·普鲁克斯* 著

8.间谍 〔英〕迈克尔·弗莱恩 著

9.尘世的爱神 〔德〕汉斯-乌尔里希·特莱希尔 著

10.幸福得如同上帝在法国 〔法〕马尔克·杜甘 著

11.黑炸药先生 〔俄罗斯〕亚·普罗哈诺夫 著

12.蜂王飞翔 〔阿根廷〕托马斯·埃洛伊 著

---

* 即安妮·普鲁。

2003 年：

13. 伊万的女儿，伊万的母亲　〔俄罗斯〕瓦·拉斯普京　著

14. 完美罪行之友　〔西班牙〕安德烈斯·特拉别略　著

15. 砖巷　〔英〕莫妮卡·阿里　著

16. 夜半撞车　〔法〕帕特里克·莫迪亚诺　著

17. 夜幕　〔德〕克里斯托夫·彼得斯　著

18. 灵魂之湾　〔美〕罗伯特·斯通　著

2004 年：

19. 深谷幽城　〔哥伦比亚〕阿瓦德·法西奥林塞　著

20. 美国佬　〔法〕弗朗兹－奥利维埃·吉斯贝尔　著

21. 台伯河边的爱情　〔德〕延·孔涅夫克　著

22. 巴拉圭消息　〔美〕莉莉·塔克　著

23. 守望灯塔　〔英〕詹妮特·温特森　著

24. 复杂的善意　〔加拿大〕米里亚姆·托尤斯　著

25. 您忠实的舒里克　〔俄罗斯〕柳·乌利茨卡娅　著

2005 年：

26. 亚瑟与乔治　〔英〕朱利安·巴恩斯　著

27. 基列家书　〔美〕玛里琳·鲁宾逊　著

28. 爱神草　〔俄罗斯〕米·希什金　著

29. 爱的怯懦　〔德〕威廉·格纳齐诺　著

30. 妖魔的狂笑　〔法〕皮埃尔·贝茹　著

31. 蓝色时刻　〔秘鲁〕阿隆索·奎托　著

2006 年：

32. 梅尔尼茨　〔瑞士〕查理斯·莱文斯基　著

33. 病魔 〔委内瑞拉〕阿尔贝托·巴雷拉 著

34. 希腊激情 〔智利〕罗伯托·安布埃罗 著

35. 萨尼卡 〔俄罗斯〕扎·普里列平 著

36. 乌拉尼亚 〔法〕勒克莱齐奥 著

37. 皇帝的孩子 〔美〕克莱尔·梅苏德 著

2008 年(本年起,以评选时间标志年度):

38. 太阳来的十秒钟 〔英〕拉塞尔·塞林·琼斯 著

39. 别了,那道风景 〔澳大利亚〕亚历克斯·米勒 著

40. 优美的安娜贝尔·李 寒彻颤栗早逝去

　　〔日〕大江健三郎 著

41. 大师之死 〔法〕皮埃尔-让·雷米 著

42. 午间女人 〔德〕尤莉娅·弗兰克 著

43. 情系撒哈拉 〔西班牙〕路易斯·莱安特 著

44. 曲终人散 〔美〕约书亚·弗里斯 著

45. 我脸上的秘密 〔爱尔兰〕凯伦·阿迪夫 著

2009 年:

46. 恋爱中的男人 〔德〕马丁·瓦尔泽 著

47. 卖梦人 〔巴西〕奥古斯托·库里 著

48. 秘密手稿 〔爱尔兰〕塞巴斯蒂安·巴里 著

49. 天扰 〔加拿大〕丽芙卡·戈臣 著

50. 悠悠岁月 〔法〕安妮·埃尔诺 著

51. 图书管理员 〔俄罗斯〕米哈伊尔·叶里扎罗夫 著

2010 年:

52. 转吧,这伟大的世界 〔美〕科伦·麦凯恩 著

72. 聋儿 〔危地马拉〕罗德里格·雷耶·罗萨 著

73. 我的中尉 〔俄罗斯〕达尼伊尔·格拉宁 著

74. 边缘 〔法〕奥里维埃·亚当 著

2014 年：

75. 生命 〔德〕大卫·瓦格纳 著 ★

76. 回到潘日鲁德 〔俄罗斯〕安德烈·沃洛斯 著

77. 潜 〔法〕克里斯托夫·奥诺－迪－比奥 著

78. 在岸边 〔西班牙〕拉法埃尔·奇尔贝斯 著

79. 麻木 〔罗马尼亚〕弗洛林·拉扎莱斯库 著

80. 回家 〔加拿大〕丹尼斯·博克 著

2015 年：

81. 骗子 〔西班牙〕哈维尔·塞尔卡斯 著 ★

82. 星座号 〔法〕阿德里安·博斯克 著

83. 所有爱的开始 〔德〕尤迪特·海尔曼 著

84. 首相 A 〔日〕田中慎弥 著

85. 美丽的年轻女子 〔荷兰〕汤米·维尔林哈 著

2016 年：

86. 酷暑天 〔冰岛〕埃纳尔·茂尔·古德蒙德松 著 ★

87. 祖列依哈睁开了眼睛 〔俄罗斯〕古泽尔·雅辛娜 著

88. 本来我们应该跳舞 〔德〕海因茨·海勒 著

89. 父亲岛 〔西班牙〕费尔南多·马里亚斯 著

90. 黑腚 〔尼日利亚〕A.伊各尼·巴雷特 著

2017 年：

91. 遇见　〔德〕博多·基尔希霍夫　著 ★

92. 女大厨　〔法〕玛丽·恩迪亚耶　著

93. 电厂之夜　〔阿根廷〕爱德华多·萨切里　著

94. 小女孩与幻梦者　〔意〕达契亚·玛拉依妮　著

（带 ★ 者为"邹韬奋年度外国小说奖"获奖作品）